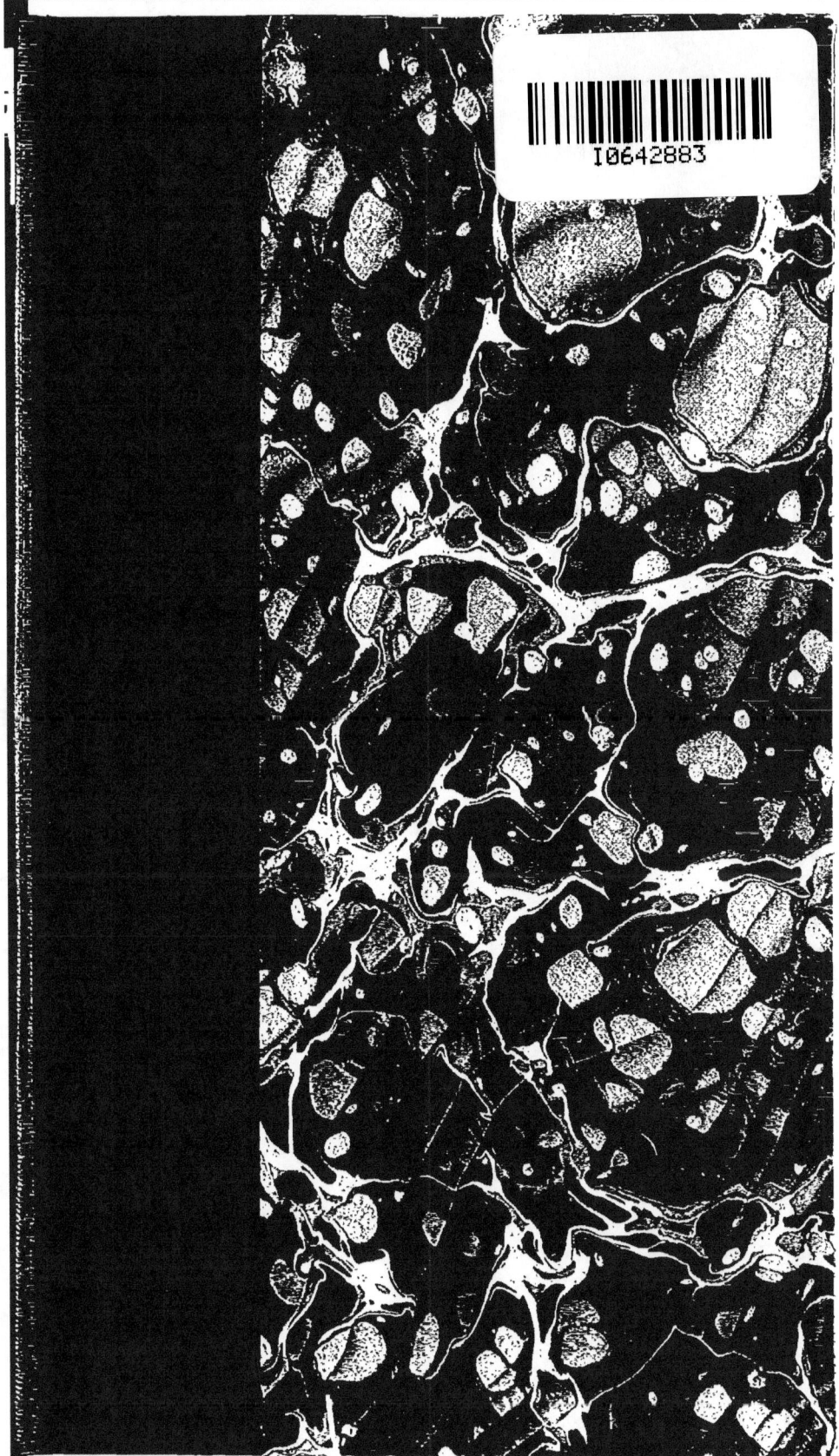

...TION

CONTES

NOUVELLES

Pfeffel

PREMIER

PARIS

CONTES

ET

NOUVELLES.

Cet ouvrage se trouve aussi chez les libraires
ci-après :

LECOINTE et DUREY, quai des Augustins, n° 49 ;
MASSON, rue Hautefeuille , n° 14 ;
BÉCHET aîné, quai des Augustins, n° 57 ;
VOLLAND, même quai, n° 17 ;
DELAUNAY, au Palais-Royal ;
DONDEY-DUPRÉ, rue de Richelieu, n° 67.

IMPRIMERIE DE J. MAC CARTHY ,
rue des Petites-Ecuries, n. 47.

COLLECTION

DE

CONTES

ET

NOUVELLES

de Pfeffel.

TRADUITS DE L'ALLEMAND.

TOME I.

A PARIS,

CHEZ L'ÉDITEUR, A LA LIBRAIRIE NATIONALE
ET ÉTRANGÈRE,
Rue Mignon, n° 2, faub. St.-Germain.

1825.

PRÉFACE.

Une préface ennuie, des contes doivent plaire et égayer; si cette traduction retraçait une partie des grâces de l'original, nous aurions atteint ce dernier but. Le lecteur verra du moins une preuve de nos efforts dans le soin que nous prenons de faire, pour la préface, ce qu'il fait ordinairement lui-même; nous la réduirons à trois mots: *Lisez ces Contes.*

MATHILDE.

HISTOIRE ÉCOSSAISE.

———◆———

Mathilde Douglas était restée orpheline dès l'âge de deux ans ; son père était tombé aux côtés du brave Robert Bruce qui, après avoir chassé les Anglais de l'Ecosse, monta sur le trône de ses pères, trop long-temps souillé par Jean Balaing, son prédécesseur. Lady Douglas sa mère, l'ornement de son sexe, ne survécut que quelques mois à son époux. Au lit de mort, elle avait remis la petite Mathilde à une autre elle-même, la comtesse de Malcolm Dunbar, sa belle-sœur. Lady Dunbar n'avait point d'enfans; retirée au château de Wood-Hill, dans la belle vallée de Cluyd, elle y vivait dans la solitude et la douleur. Elle éleva sa nièce avec la tendresse d'une mère, et la jeune Mathilde répondit à ses soins; elle fit germer dans le cœur tendre de son élève les plus purs sentimens de la vertu, et employa toutes les ressources que l'on pouvait se procurer alors pour former sa raison et lui faire acquérir les talens qui rendent la vertu plus aimable et la beauté plus séduisante. Mais la nature servit plus à Mathilde que les leçons du chepelain de la comtesse, et six mois de leçons de harpe la rendirent l'émule de son maître.

Sa tante arrêtait souvent ses regards sur elle avec un doux senti-

ment de satisfaction, et se disait alors
à elle-même, et les yeux mouillés de
larmes : Dieu veuille que jamais une
haleine empoisonnée ne flétrisse
cette aimable fleur. C'était en effet
une fleur du printemps près d'éclore;
et la beauté de son âme répondait à
cette enveloppe enchanteresse, bril-
lante de tous les charmes du bel âge.
Dans ses yeux, d'un bleu de saphir,
on lisait la pureté de son cœur; son
teint le disputait à l'éclat de la rose,
et son front ingénu rayonnait des
grâces de l'innocence.

A seize ans elle perdit sa seconde
mère, et resta dès-lors entièrement
abandonnée aux soins de son oncle
qui, jusque-là, s'était fort peu occupé d'elle. Les charmes de sa nièce
ne tardèrent pas à lui faire oublier
la perte d'une femme que, depuis
long-temps, il avait cessé d'aimer,

et dont il n'avait jamais connu le prix. Il était avare et libertin, et, par malheur pour Mathilde, elle n'était pas seulement la plus belle, mais encore la plus riche héritière de la contrée.

Malcolm n'avait guère plus de quarante ans; il était fier de ses richesses et vain des avantages de sa figure. Mathilde avait vécu jusqu'à ce moment dans la retraite la plus rigoureuse; le sentiment impérieux de l'amour dormait encore dans son sein. Le comte se flatta de l'éveiller, et dans un temps où l'or faisait tout à Rome, il était sûr d'obtenir sans difficulté la permission de contracter ce mariage. Il se trompa : Mathilde, il est vrai, ne connaissait pas encore l'amour, mais elle connaissait son amant; elle avait vu plus d'une fois couler les pleurs de sa tante et entendu ses soupirs. L'intimité coupable qui existait entre le comte et une des femmes de chambre de son é-pouse, et l'insolence de cette créature, avaient hâté la mort de lady Malcolm, dont la sensibilité ne pouvait endurer de tels outrages. Les scènes déplorables que cette basse intrigue avait causées souvent dans l'intérieur du château n'avaient pu rester cachées à Mathilde. Malcolm avait donné à sa nièce les bijoux de sa tante; mais quand il vit que ces cadeaux et les doux propos dont il les accompagnait ne lui attiraient que des remercîmens froids et respectueux de la part de Mathilde, et qu'elle n'avait pas même l'air de se douter de ses intentions, il résolut de rompre le silence, et de lui proposer ouvertement sa main, sans circonvenir son cœur par tous les soins d'usage.

Il choisit pour faire cette déclaration la fin d'une soirée d'été; Mathilde, l'imagination encore remplie
du souvenir de sa bonne protectrice,
écoutait les rossignols, dont les accens nourrissaient la douce mélancolie de son cœur; Malcolm s'assit à
côté d'elle : Il est temps, Mathilde,
lui dit-il en lui prenant la main, que
je m'occupe de ton sort; tu mérites
de trouver un époux dont l'état, le
caractère, la fortune puissent assurer ton bonheur. Ce n'est pas dans
un jeune homme léger et inconstant
que tu trouverais ces avantages; aujourd'hui il te conduirait à l'autel,
et demain il te sacrifierait à une cour-
tisane, ou bien il dissiperait à la
cour l'héritage de tes parens. Je te
destine un époux qui a passé les fou-
gues de la jeunesse, et dont l'âge
cependant n'est point dispropor-

tionné au tien; son nom donnera
un nouveau lustre à celui de tes ancêtres, et sa fortune te mettra à
même de soutenir dignement l'éclat
de ton rang. Du reste, je veux épargner à ton imagination la peine de
deviner qui ce peut être, et si ton
cœur n'était pas aussi neuf, je n'aurais pas besoin de te nommer ton
oncle.

La bonne Mathilde ne savait que
répondre à ce discours; elle se tai-
sait, rougissait et regardait le comte
avec de grands yeux où il ne pouvait
lire que de l'étonnement. Ma proposition te surprend, dit-il avec
une gaîté forcée; eh bien! Mathilde,
je pars demain pour Edimbourg, où
je passerai quelques jours; jusqu'à
mon retour tu auras le temps, je ne
dis pas de faire tes reflexions, car je
te crois trop sensée, trop bien élevée

pour repousser l'honneur de devenir
lady Dunbar, mais de te remettre
d'un trouble, effet de ton inexpérience.

Malcolm Dunbar partit en effet
le lendemain sans voir Mathilde,
qui, n'ayant pas fermé l'œil de toute
la nuit, venait à peine de s'endormir
lorsqu'il demanda à sa femme de
chambre si elle était levée. Brigitte
lui répondit qu'elle dormait encore,
et Malcolm voulut bien ne pas commencer déjà à troubler son repos.

Cette Brigitte était une bonne
fille, que lady Dunbar avait choisie
à l'âge de douze ans parmi ses jeunes
vassales, pour la donner à sa nièce
plutôt à titre de compagne que de
domestique. Lorsqu'elle fut grande,
son enjoûment et sa jolie figure fixèrent l'attention du libertin Malcolm
qui tendit sans succès mille piéges

à sa vertu. Par amitié pour Mathilde et par respect pour sa bienfaitrice, Brigitte avait toujours gardé le silence sur ses tentatives coupables; d'ailleurs, depuis que le comte était occupé de ses projets de mariage, il discontinuait ses poursuites, bien persuadé que cette proie ne pouvait lui échapper.

Brigitte avait donné à Mathilde des preuves multipliées de fidélité et d'un tendre attachement; aussi sa jeune maîtresse, qui éprouvait le besoin de soulager son cœur, l'eût choisie pour sa confidente quand même elle eût eu une autre amie. Cettte honnête fille l'écouta avec la plus grande attention, et lorsque Mathilde eut terminé son récit par ces mots, « Je ne sais pourquoi, mais je sens que je ne pourrais jamais aimer mon oncle comme mon époux, »

des larmes coulèrent des yeux de
Brigitte; elle saisit la main de sa
maîtresse, et s'écria en la pressant
contre son sein : « Eh bien! c'est moi
qui vous apprendrai d'où cela vient;
c'est qu'il n'est pas digne de devenir
votre époux. » Elle lui raconta alors
les poursuites qu'elle avait eues à
souffrir du vivant de lady Dunbar,
et fortifia ainsi la nièce dans sa résolution de repousser de toutes ses
forces son mariage avec un pareil
homme.

Malcolm, de retour de son voyage,
demanda à Mathilde quelle résolution
elle avait prise. Celle-ci avait concerté
avec Brigitte la réponse qu'elle devait faire, et cependant, pâle, tremblante, elle put à peine articuler d'u-
ne voix faible : « Je me suis tellement accoutumée dès mon enfance
à vous respecter comme un père,

qu'il me serait impossible de vous considérer comme un époux. Pardonnez ma franchise, mylord, je ne sais pas dissimuler; peut-être que mon extrême jeunesse et mon inexpérience m'empêchent d'apprécier tout l'honneur que vous voulez me faire.

Malcolm, naturellement emporté, tenta vainement d'étouffer sa colère. L'amant astucieux disparut et fit place au despote offensé. Son visage était tout en feu, ses lèvres tremblaient, et il lui dit en frémissant : « C'est en vain, Mathilde, que tu cherches à me persuader que tu es encore un enfant; tu ne réussiras pas à me cacher ton opiniâtreté sous un si vain prétexte; ce n'est que comme mon épouse que tu pourras continuer à vivre dans mon château; si tu refuses ma main, les murs d'un

couvent me rassureront contre les
extravagances où ton étourderie
peut t'entraîner. Penses-y bien; il
ne sera pas aussi facile de rompre
les verroux de ta prison qu'il te l'est
aujourd'hui de saisir le bonheur que
tu dédaignes. Je ne veux pas cependant te surprendre, ajouta-t-il d'un
ton radouci, et j'accorde encore un
mois pour faire *tes réflexions;* mais
alors ta réponse décidera de ton
sort. » Il se tut : Mathilde n'osait reprendre la parole; après avoir joui
quelque temps de sa frayeur, il la
quitta brusquement.

La pauvre enfant n'eut pas besoin
de feindre une maladie pour garder
la chambre pendant quelques jours;
les menaces de son oncle l'avaient
tellement effrayée qu'elle était hors
d'état de quitter le lit. Comme Malcolm crut cette crise nécessaire pour

opérer sa conversion, il s'inquiéta
fort peu de l'indisposition de sa nièce.

Cependant la nature et la fidèle
Brigitte suppléèrent aux soins d'un
médecin, et si Mathilde ne sortit pas
plutôt de sa chambre, ce fut pour é-
viter la vue d'un homme dont l'aspect seul la remplissait de crainte,
et pour se concerter avec son amie
sur les moyens de se soustraire à
l'effet de sa vengeance. Sa tante lui
avait autrefois conté l'histoire d'une
cousine que l'avarice d'une marâtre
avait fait enfermer dans un couvent,
où le chagrin l'avait consumée, et
ce récit lui faisait envisager ces re-
fuges de l'innocence persécutée comme le vestibule de l'enfer. D'ailleurs
elle connaissait la cupidité de son
oncle, qui ne balancerait pas à commettre un crime pour s'emparer de
son immense fortune. Dans cette

position désespérée, la fuite lui parut le seul parti à prendre pour se soustraire aux poursuites de son tyran.

Mais comment fuir et où aller? où se procurera-t-elle les moyens de se préserver de la misère, elle et la compagne de son sort, sous le toit étranger qu'elle allait chercher? Ce dernier obstacle fut le moins difficile à lever; Mathilde avait dans son épargne quelques centaines de couronnes auxquelles elle ne touchait que pour faire des actes de bienfaisance, et ses bijoux pouvaient aussi, en cas de besoin, lui procurer des ressources plus que suffisantes. Il était bien plus difficile de découvrir un asile qui pût les dérober aux recherches de son oncle, qui trouverait dans sa fuite même un prétexte plausible pour la renfermer dans le couvent dont elle avait tant d'effroi

Brigitte seule pouvait lever cette difficulté. Le curé du lieu avait un neveu auquel il avait fourni les moyens d'entreprendre un petit com. merce. Ses affaires le forçaient de faire de fréquens voyages à Glascow, d'où il rapportait les marchandises qu'il revendait dans les environs. Arthur, c'était le nom de ce jeune homme, venait presque tous les jours au château qu'il fournissait d'épiceries et de beaucoup d'autres objets, et, depuis plus d'un an, il avait conçu pour Brigitte un amour que celle-ci n'avait jusqu'ici tardé à couronner que parce qu'elle ne pouvait se résoudre à quitter sa bonne maîtresse. Maintenant Brigitte se promettait tout de son attachement; et comme elle avait de bonnes raisons de supposer que la maison de ses parens n'offrait pas un refuge assez sûr à la

jeune demoiselle, les deux amies résolurent de choisir le jeune homme
pour l'agent secret de leurs desseins.

Brigitte se chargea de faire les
ouvertures nécessaires; mais plusieurs jours se passèrent avant qu'elle
eût trouvé une occasion de parler à
son amant. Arthur ne balança pas
un instant à se charger d'une entre-
prise qu'il envisageait comme une
pieuse ressource, et dont la réus-
site lui garantissait l'accomplisse-
ment de ses plus ardens désirs. J'ai,
dit-il, dans le comté d'Argyl une cousine, veuve d'un riche fermier, chez
qui vous pourrez vivre ignorées, et
où je vous porterai de temps à autre
des nouvelles de tout ce qui se passera. Je pars demain pour cette contrée, et, avant huit jours, j'espère
vous rapporter des nouvelles satis-
faisantes. Brigitte lui recommanda

la plus grande discrétion, même à
l'égard de sa cousine, à laquelle il
ne devait dire ni le nom ni l'état de
Mathilde, mais à qui il devait la présenter comme sa plus jeune sœur.
Arthur promit tout ce qu'on exigea
de lui; il lut la promesse de sa récompense dans les yeux de sa maîtresse, qui, pour la première fois, lui
présenta sa joue au moment de son
départ.

En apprenant le succès de cette
négociation, Mathilde se jeta dans
les bras de son amie, et attendit le
retour d'Arthur avec cette impatience qui tourmente une âme au moment de voir finir ses peines. Cet
espoir et la crainte de donner des
soupçons à son oncle en continuant
à rester éloignée de lui, donnèrent
à Mathilde le courage de paraître
en sa présence avec un front moins

soucieux. Pour la première fois de
sa vie, cette fille aimable et candide
se trouva forcée de feindre, et elle y
réussit si bien, que Malcolm commençait à se féliciter de lui avoir
laissé du temps pour se décider. Sa
gaîté même revenait à mesure que
l'époque du retour d'Arthur approchait; à peine se rappelait-elle que
celle fixée par son oncle pour la décision de son sort approchait également.

Une semaine venait de s'écouler,
quand Malcolm lui proposa une promenade dans le petit bois qu'ombrageait la colline sur laquelle s'éle-
vaient les noirs créneaux de son
château. Tout-à-coup quelques cavaliers entrèrent dans l'allée qui faisait face au pont-levis. Malcolm alla
au-devant d'eux avec sa nièce. Ciel!
c'est le roi, dit-il en s'avançant vers

la petite cavalcade. Il ne se trompait pas, c'était Robert lui-même qui, depuis le rétablissement de la paix, se plaisait de temps en temps à faire des excursions dans le pays et à demander un repas frugal aux nobles de son royaume. « Un trio de chevaliers errans vient vous demander l'hospitalité », dit-il à Malcolm qui se trouvait un peu déconcerté; en même temps il le salua avec cette franchise et cette cordialité qui caractérisaient le héros. Il n'avait en effet auprès de lui que deux chevaliers, et quelques gentilshomme le suivaient de loin. « Est-ce là votre fille, mylord? dit le roi en apercevant Malthilde qui venait de faire une de ces révérences timides et modestes d'une jeune grâce qui s'ignore encore. « C'est ma nièce, sire, répondit Malcolm, la fille de feu mon

beau-frère Douglas. » — « La fille
d'un ami que je n'oublierai jamais,
interrompit le roi. Venez miss, je
ne céderai à personne le droit de
vous offrir la main. » A ces mots il
sauta de son cheval, présenta son
bras à Mathilde qu'il conduisit ainsi
au château.

Robert ne connaissait qu'impar-
faitement son hôte, mais il en savait assez sur son compte pour ne
pas beaucoup l'estimer. Il n'eût
même pas consenti à descendre chez
lui sans l'espoir qu'il avait de terminer à cette occasion un différent qui,
depuis plusieurs années, s'était élevé
entre Malcolm et le feu comte d'Argyl. Robert avait, de son vivant,
vénéré le feu comte comme un père,
et maintenant il servait de tuteur à
son fils.

Dès que ces illustres hôtes furent

arrivés au château, Mathilde, suivant l'ancienne coutume du pays,
s'éloigna pour s'occuper des apprêts
du repas, pendant que Robert et ses
compagnons s'entretenaient avec
son oncle de la dernière guerre et
des affaires de l'état. On se mit à table; la charmante fille remplit les
devoirs de maîtresse de maison, et
s'en acquitta avec une adresse et une
grâce qui enchantèrent tous les con-
vives, et particulièrement le roi. Il
lui demanda au dessert si la harpe
qu'il voyait suspendue dans la salle
était son instrument? Oui, sire, répondit-elle en regardant son oncle,
dont le coup-d'œil demi-contraint
était plutôt une permission qu'un
encouragement. Elle prit l'instrument et chanta, en s'accompagnant,
quelques-uns des chants immortels
d'Ossian, de ce ton simple et doux

qui prouvait que sa tante ne lui avait pas seulement appris à chanter, mais aussi à sentir. Les accens mélodieux de Mathilde ravirent tous les cœurs, et lorsqu'après le repas elle se fut retirée, le roi dit à Malcolm : « Mylord, votre nièce est un trésor caché dont je veux parer ma cour. Ma femme se réjouira de retrouver dans sa fille la compagne de son enfance, sa chère Douglas. Je vous prie de me l'amener à votre premier voyage à Edimbourg. J'ai un projet que le temps mûrira et dont nous parlerons alors. »

Malcolm répondit par une révérence contrainte ; alors le roi lui témoigna le désir de terminer le différent qui existait entre lui et le jeune comte d'Argyll. « Je suis son tuteur, dit-il, et j'espère que vous accepterez ma médiation. Dans trois jours

je serai à Edimbourg où je vous attends ; je compte que votre équité ne
me rendra pas mon emploi bien difficile. »

L'avare Malcolm ne put dissimuler le trouble dans lequel le jeta
cette proposition. Il murmura quelques plaintes vagues sur l'injustice
de son adversaire, et promit d'un ton
froid de se rendre à l'invitation.

Robert quitta le château beaucoup
plus satisfait de la nièce que de l'oncle ; l'humeur qu'il avait prise contre
ce dernier lui fit oublier de renouveler son invitation à Mathilde, à laquelle il serra amicalement la main
en prenant congé d'elle.

Alors Malcolm commença à respirer
plus librement, et quoique très mé-
content de ce que sa nièce eût attiré
l'attention du roi, le rusé hypocrite
se répandit cependant en éloges sur

la manière dont elle s'était compor-
tée. Mathilde avait été trop flattée
du suffrage du roi pour être indiffé-
rente à ses éloges, et la satisfaction
qu'elle en fit paraître sur sa physionomie parut d'un bon augure à Malcolm.

Le soir qui précéda son départ,
il dit à Mathilde : « Je pars demain,
mon enfant, et vais me rendre pour
quelques jours auprès du roi. Quelle
satisfaction pour moi si je pouvais
lui annoncer, ainsi qu'à ses compagnons, ma prochaine union avec
cette aimable Mathilde qui leur a
tant fait plaisir! » La pauvre enfant
fut étourdie à ce propos, mais elle
sentit l'importance de ce moment,
et l'indispensable nécessité d'éloigner jusqu'à l'ombre de tout soupçon.
Elle lui répondit donc : « Le délai
que vous m'avez accordé, mylord,

n'est pas encore expiré, et je crois
être excusable si je n'avance pas le
terme prescrit dans une affaire aussi
sérieuse ; mais j'espère que vous
n'aurez pas lieu de.... » Ici elle s'arrêta et rougit ; elle allait dire un
mensonge et son cœur se révoltait.
Malcolm interpréta cette réticence
en sa faveur ; son âme et ses sens en
furent embrasés. Il serra subitement
Mathilde dans ses bras , et avant
qu'elle eut eu le temps de retirer sa
tête, il imprima un baiser sur sa joue
virginale. « Fille céleste, dit-il, tu
m'as permis de jeter un regard dans
ton cœur, je m'en contente ; mais
que les jours d'absence vont me paraître longs ! » Mathilde s'arracha
de ses bras en dissimulant son mécontentement ; ses yeux se fixèrent
vers la terre, et si la passion n'eut
pas aveuglé le comte, il aurait pu

apercevoir la terreur dont cette scène avait rempli l'âme de sa nièce.

Le bon ange de Mathilde la tira de son étourdissement qui redoublait l'audace de ce débauché. Elle rassembla toutes ses forces, et s'approchant de la porte avec dignité, elle lui souhaita un bon voyage d'un ton qui surprit ce misérable, mais auquel elle mêla, heureusement pour elle, les accens de la bonté. Mille idées effrayantes l'occupèrent pendant toute la nuit, et l'agitation de son cœur ne se calma que lorsque le bruit des chevaux lui eut annoncé le départ de son oncle.

« Mon amie, dit-elle à Brigitte qui entrait dans sa chambre, il faut fuir sans retard, bientôt il ne sera plus temps. Hier, l'horreur et l'effroi ont absorbé toutes mes facultés. Je ne te voyais pas, je ne voyais que l'image de mon persécuteur. » Elle lui raconta la scène de la veille et il n'en fallait pas davantage à Brigitte pour être de son avis. Elle quitta Mathilde, feignit d'avoir quelque affaire qui l'appelait chez le curé, et donna rendez-vous à son amant dans un lieu écarté où elle eut avec lui une longue conférence.

« Après demain à la même heure, dit-elle à son tour à Mathilde, vous n'aurez, je l'espère, plus rien à craindre de la part de votre oncle. L'erreur où il est sur vos vrais sentimens, cette erreur qui vous inspire tant d'inquiétude, favorisera notre projet, car j'ai observé que le concierge qui, au dernier voyage du comte, épiait tous mes pas, n'a pas même regardé aujourd'hui de quel côté j'allais lorsque je portais au curé vos aumônes pour la semaine. Demain, Ar-

thur prétextera un de ses voyages
habituels, et nous attendra dans le
moulin en ruine près du torrent; là,
nous trouverons deux chevaux avec
les habits dont il faudra nous revêtir,
au moins pour les premiers jours.
Après le dîner, il viendra au château
avec toutes sortes de marchandises,
et il emportera vos effets à la place
de ce qu'il vous aura vendu. »

Jamais sœur ne fut plus tendre-
ment embrassée que la fidèle Brigitte le fut en ce moment par Mathilde. Elles se réunirent toutes deux
pour rassembler dans le silence ce
qui leur était le plus nécessaire, et
vers le soir Arthur parut au château,
une hotte sur le dos. Il montra au
concierge ce qu'elle renfermait, et
se fit annoncer chez la demoiselle.
Lorsqu'il fut introduit, on retira les
marchandises de la hotte et on y mit

les effets. « Demain, avant la pointe
du jour, dit-il, je partirai pour Glasgow ou j'acheterai tout ce qui vous
est nécessaire pour votre voyage, et
je vous attendrai après-demain matin.
En prétextant une promenade au petit bois, vous préviendrez toute idée
de fuite, et n'éleverez aucun soupçon sur votre compte. » Mathilde
remit au jeune homme cent couronnes pour acheter les chevaux et les
habits. « Je laisse à ma Brigitte, dit-
elle, le soin de vous récompenser,
en attendant que je sois en état de
vous témoigner toute ma reconnaissance. »

Les deux amies s'occupèrent le
lendemain de différens ouvrages domestiques, et lorsque le soleil levant
leur eut indiqué l'heure qui devait
rompre leurs fers, elles quittèrent le
triste château pleines d'une confiance

courageuse en la providence. En traversant la cour, Mathilde cria à la femme de charge , afin que le concierge pût l'entendre : « Sally , le temps est si beau que j'ai envie d'aller déjeûner à la métairie de la vallée, et si la chaleur n'est pas trop grande, nous ne reviendrons probablement pas avant l'heure de dîner.» Mathilde, accompagnée de sa tante, avait souvent visité cette métairie qui appartenait à son oncle, et cette fois, le concierge n'avait pas ordre d'observer ses démarches.

Tant que les deux voyageuses se sentirent à portée d'être vues, elles marchèrent nonchalamment dans les larges sentiers du petit bois; mais une fois arrivées à la vallée que le torrent arrosait de ses flots bruyans, elles suivirent son cours, laissèrent la métairie, et arrivèrent au bout d'une

heure au moulin, derrière les ruines
duquel Arthur les attendait avec les
chevaux.

Il leur remit les habits qu'il avait
apportés, et Brigitte les porta dans
une étable que le torrent destructeur
avait épargnée. Elle reparut au bout
de quelques minutes, habillée en
jeune garçon, avec un petit chapeau
rond; puis elle conduisit sa maîtresse
dans le même endroit où elle lui aida
à changer également de costume.

Pour se rendre tout-à-fait mécon-
naissables, l'ingénieuse suivante s'é-
tait munie d'écorces de noix vertes;
on les coupa par morceaux, on y
mêla de l'eau, et on en fit une tein-
ture brunâtre qui, étendue sur les
joues des deux voyageuses, leur
donna un air moins féminin. Arthur
assura que s'ils les eût rencontrées
ainsi travesties, il les aurait plutôt

prises pour des écoliers échappés du collége que pour des filles de notre commune mère Ève. On plaça les habits de femme parmi le reste du bagage, et lorsque la petite société eut déjeûné avec des viandes froides que le conducteur avait apportées, et se fut rafraîchie à une source, on continua le voyage avec toute la célérité possible. Les deux jeunes femmes étaient habituées à monter à cheval, ou, pour mieux dire, elles ne connaissaient point, suivant l'usage de ce temps, d'autre manière de voyager. Arthur les mena toujours à travers les bois ou par des chemins de traverse; et, après une route fatigante, elles arrivèrent heureusement à une chapelle isolée, où il leur proposa de passer la nuit.

On n'était plus éloigné que de quatre milles de la ferme de la cou-

sine d'Arthur; et comme elles devaient alors reprendre les habits de
leur sexe, il était difficile de trouver
un lieu plus convenable pour cette
opération.

Elles avaient eu le temps, pendant la route, d'arranger et d'étu-
dier leurs rôles, et il fut facile à Arthur de faire passer ses deux compagnes pour ses deux sœurs qui, après
la mort de leur mère, allaient dans
une ville chercher à gagner honnê-
tement leur vie. Comme la veuve
était bonne et sans méfiance, Arthur
ajouta : « Si elles pouvaient vous
être utiles, j'aimerais mieux qu'elles
restassent auprès de vous jusqu'à ce
qu'elles fussent en état de gagner leur
entretien; mon oncle le curé vous
propose deux couronnes par semaine
pour leur pension. »

Mistriss Gertrude fut très-contente

de cette proposition; et lorsque le cousin lui paya un mois d'avance, elle
fit sur-le-champ tuer un chevreau,
afin de recevoir dignement ses hôtes.
Pendant ce joyeux repas, l'on distribua aux deux sœurs les tâches qu'elles
auraient à remplir. Brigitte, comme
la plus forte, fut chargée du soin du
ménage, et Mathilde eut pour fonc-
tion d'aider la jeune Baby, enfant de
dix ans, et fille unique de la veuve,
à garder les moutons et les chèvres.
Trois jours après, Arthur partit pour
se rendre à Inverness, à ce qu'il
dit, et promit qu'à son retour il
passerait par Greendal) c'est le nom
de la ferme) pour s'informer de la
santé de ses sœurs. Il abandonna les
chevaux à la veuve pour les employer au labourage. Il me paraît
nécessaire, dit-il à Mathilde dans
un entretien secret, que je retourne

à Wood-Hill, pour m'informer des démarches que l'on fait sur votre fuite. Dans dix à douze jours j'espère vous revoir. Mathilde lui renouvela ses remercîmens, et se défendit inutilement de reprendre ce qui lui restait de l'argent qu'il avait reçu pour l'achat des habits et des chevaux.

Le même jour ses deux prétendues sœurs entrèrent en fonctions. Mathilde, vêtue d'une robe blanche de lin, un chapeau de paille sur la tête, et une houlette à la main, prit la conduite du troupeau. Il paissait ordinairement dans une riche vallée, éloignée de la ferme de deux à trois cents pas, et arrosée par un ruisseau qui serpentait entre deux haies vives et fleuries. La petite Baby était toujours à ses côtés et, pendant que les moutons paissaient, Mathilde se désennuyait en pêchant dans le ruisseau. Chaque soir elle apportait quelques truites à la maison, et mistriss Gertrude ne cessait de louer ses soins et son activité.

Un jour de fête, Gertrude était allée à l'église avec Brigitte et l'enfant, et avait laissé Mathilde garder la maison. Celle - ci avait prétexté une légère incommodité pour ne pas s'exposer aux regards des curieux. « Si le père Jacob vient, lui dit Gertrude en partant, donnez-lui ce pain et ce fromage de lait de chèvre ; c'est un don que ce pieux ermite vient recevoir tous les dimanches. » Mathilde s'était mise à la fenêtre pour y respirer l'air frais du matin, lorsqu'elle vit s'avancer vers elle, par le sentier voisin, un homme d'une haute taille et d'une figure vénérable ; il était vêtu d'une robe de moine, une longue barbe tombait sur sa poitrine, et les rides de l'âge commençaient à silloner son front où se peignaient le calme et la sérénité.

Dès que Mathilde l'aperçut, elle courut à la porte pour le recevoir. « Sainte-Vierge-Marie ! s'écria l'ermite, en reculant de surprise, c'est elle ! » A ces mots, il tomba à genoux : « Ah ! Mathilde ! Mathilde ! je vois maintenant que tu m'as pardonné ; Dieu permet que ce moment soit le dernier de ma malheureuse existence ! » Mathilde se tenait encore sous la porte, pâle et muette d'étonnement ; la terreur avait absorbé tous ses sens, et l'avait rendue immobile comme une statue. Le père Jacob était toujours à genoux devant elle et la fixait avec des yeux hagards. « Non, je ne me trompe pas, continua-t-il en tirant de son sein un portrait qu'il considérait avidement ; c'est elle, c'est Mathilde Douglas, la défunte, la céleste amie de mon âme.

Au nom de Douglas les forces abandonnèrent entièrement Mathilde, qui tomba évanouie sur le seuil de la porte. L'ermite accourut et la releva. Cette action lui rendit l'usage de ses sens. « Au nom de la Sainte-Croix ! vénérable père, dit-elle d'une voix presque éteinte, ne me trahissez pas ou je suis perdue. » L'ermite s'aperçut bien alors que l'être qu'il avait pris pour une apparition surnaturelle, était réellement une personne vivante ; mais son étonnement ne diminuait pas pour cela, en voyant que le prétendu ange qu'il avait appelé Mathilde Douglas, répondait effectivement à ce nom. « Quel miracle, mon Dieu ! qu'elle énigme, dit-il, et qui pourra me l'expliquer !

Il se tut; et comme Mathilde continuait à le regarder d'un air craintif, il parut sortir d'un rêve, et s'écria : « Malheureux que je suis, ai-je donc pu oublier qu'elle avait une fille ! Ta mère, céleste enfant, n'était elle pas ? .... Une comtesse Dunbar, répondit Mathilde; j'avais à peine deux ans quand elle mourut. — Ah! je le sais, Miss, je ne le sais que trop, dit l'ermite, et un torrent de pleurs inonda son visage. La divine Mathilde est morte par ma faute. Mathilde frémit. Oh! ne me haïssez pas, ne m'abhorrez pas, chère et charmante Miss. Aujourd'hui je ne mérite que votre pitié. Dieu m'a pardonné; sa fille, oh! oui, sa fille me pardonnera aussi. Vous apprendrez tout de moi, Miss, et vous pleurerez avec moi. Mais d'où vient que je vous trouve dans cette habitation ?

parlez... Il éleva alors la main en disant : Je vous jure, par le Dieu tout-puissant, la discrétion d'un confesseur.

Mathilde prit courage. Elle avait déjà laissé échapper la partie la plus importante de son secret, et elle lui confia le reste en peu de mots. « Je connais votre oncle, dit le moine, et s'il est encore aujourd'hui ce qu'il était il y a quatorze ans quand j'ai quitté le monde, vous venez de parler de lui avec beaucoup de ménagement. Il est encore de bonne heure, continua-t-il, et Gertrude ne pourra guère être de retour avant une heure; asseyons-nous sur ce banc de gazon ombragé par ce pommier. Personne au monde n'a plus que vous le droit de connaître mon histoire. En vous la racontant mon cœur seignera, mais aussi il se soulagera. » Il

offrit la main à Mathilde qui le suivit.
L'aspect de cette figure vénérable sur
laquelle, à travers les traces du plus
profond chagrin, on remarquait la
sérénité d'un saint, avait totalement
dissipé la frayeur secrète que les pre-
mières paroles lui avaient inspirées.

» Quand je vivais parmi les hommes,
dit-il en essuyant ses yeux, je m'ap-
pelais lord James Hamilton. Je fus,
dès l'enfance, l'ami de votre père,
et des frères n'auraient pu s'aimer
avec plus de fidélité, plus d'ardeur
que nous nous aimions tous deux.
Enfans, les mêmes jeux nous réu-
nissaient ; adolescens, nous fîmes
ensemble tous nos exercices, nous
allâmes ensemble à Londres et à Pa
ris, où chacun de nous remporta le
prix d'un tournois, et où, tous deux,
le même jour, nous fûmes armés
chevaliers par le roi lui-même.

1. 4

» Lorsque la patrie réclama le secours de nos épées, nous combat-
tîmes l'un près de l'autre, et nos
bras ne lui furent pas inutiles. Une
succession me rappela en France,
pendant que mon Archibald, trop
fier pour servir un roi aussi mépri-
sable que l'était le predécesseur de
Robert, vivait ignoré dans ses terres
de la vallée de Cluyd. L'occasion du
voisinage le lia avec la noble Mathilde.; la vertu et l'amour lièrent
leurs cœurs, et la bénédiction du
ciel cimenta cette union aux pieds
des autels.

» Pendant que, dans les bras de
la femme la plus accomplie que
j'eusse jamais connue, mon ami
goûtait le bonheur le plus parfait,
je me livrais, à la cour de Philippe,
au torrent des dissipations. J'avais le
cœur aussi bon, mais plus doux que

celui de votre père. La folie m'attira
sous cent formes différentes , et je
cédai à ses attraits. De retour en
Ecosse, l'amitié reprit ses droits sur
mon âme ; je cherchai mon Archibald, je le trouvai dans le paradis de
l'amour. Mathilde me reçut comme
l'ami chéri de son époux ; et celui-
ci, mettant un jour ma main dans la
sienne , lui ordonna de me regarder
comme un frère. Malheureux que
j'étais ! sous ce même toit où le ciel
m'avait conduit pour retourner dans
le sein de la vertu , j'avalais à longs
traits le poison d'une passion coupable. Long-temps je sus la renfermer
dans mon sein ; hélas! la digue que
l'honneur avait opposée à mes desirs
impétueux se rompit enfin : je fis à
Mathilde l'aveu de mon amour. Elle
pâlit et baissa les yeux. J'osai lui
prendre la main ; elle la retira , et

me regardant de l'air d'un ange affligé : « Vous vous oubliez , milord ,
dit-elle ; vous profanez les lois de
l'amitié ; ne me forcez pas à vous
retirer mon estime. » Je fus atterré ;
jamais je n'avais été aussi humilié ,
aussi petit à mes propres yeux que
dans cet instant solennel. Je partis ;
mais au bout de quelques semaines ,
je ne sais quel pouvoir irrésistible
m'attira de nouveau vers elle. Je fus
reçu par Archibald comme un frère ,
et par son épouse avec une bonté
facile qui , au lieu de me couvrir de
confusion , ne fit que m'enflammer
davantage.

« Plusieurs jours se passèrent sans
que j'eusse trouvé l'occasion de rompre un silence que mes yeux n'a-
vaient pas aussi bien gardé que ma
bouche. Un soir, nous nous prome-
nions dans une allée circulaire d'or-

mes, au milieu de laquelle était une
petite chapelle assez ressemblante à
un ermitage, que la mère d'Archibald avait fait bâtir, en action de
grâces, à la naissance de son fils.
Cette chapelle était couverte d'é-
corces d'arbres, et le dehors en était
garni de coquillages tirés du lac voisin, avec lesquels on avait formé
différentes figures religieuses. Mathilde considérait ces ouvrages,
lorsqu'on vint appeler son mari. Je
saisis cet instant pour m'emparer de
sa main que celui-ci venait de lâcher;
et, la serrant sur mon cœur agité,
je lui renouvelai l'aveu de ma flam-
me. Au lieu de me répondre, elle
m'entraîna avec une force irrésistible dans la chapelle qui était ou-
verte; et, sans quitter ma main, elle
se jeta à genoux devant le petit autel. La majesté de sa physionomie

me remplit d'une stupeur religieuse.
Je suivis, sans savoir ce que je faisais, l'exemple de Mathilde. La force
de la vertu est toute-puissante ; je
ressemblais à un criminel qui, malgré lui, courbe la tête sous le bras
de la justice. Elle tenait toujours ma
main, et l'élevant vers le ciel : « O
toi, dit-elle, être invisible qui rem-
plis ce lieu de ta présence, reçois le
le serment que te fait mon ami d'ê-
tre fidèle à la vertu et à l'amitié, et
de ne plus troubler le bonheur con-
jugal de son frère et de sa sœur;
amen ! » Alors, elle serra ma main
tremblante, et je répétai en balbu-
tiant, Amen ! Elle me fit sortir de ce
sanctuaire avec la même précipita-
tion avec laquelle elle m'y avait fait
entrer. Nous nous retrouvâmes sous
la belle voûte du ciel éclairé par le
soleil couchant; jamais la figure de

Mathilde n'avait été plus belle ; une larme de plaisir brillait sous sa paupière. Je ne saurais vous décrire ce qui se passait alors dans mon cœur ; votre âme innocente ne pourrait le sentir. Je serais tombé à ses pieds si son mari, qui n'avait été retenu qu'un moment, n'était venu à nous.

» Il ne m'était pas possible de rester plus long-temps dans une maison où m'accablaient la honte et le repentir. Le ciel même m'eût paru alors un enfer. Je partis le troisième jour pour me cacher aux regards de la vertu et aux miens.

» Bientôt après le roi mourut. Robert, en lui succédant, vengea la honte de sa patrie. La guerre éclata ; j'allai joindre mon Archibald au milieu du tumulte des camps, et, deux ans après, je fus témoin de sa mort glorieuse.

» Depuis long-temps j'avais es-
sayé d'étouffer le feu impur qui em-
brasait mon cœur, et de l'ouvrir à un
amour plus légitime ; mais l'image
de Mathilde me suivait partout, et
venait s'interposer entre moi et la
femme à qui je tentais d'adresser mes
hommages ; c'était toujours la seule
divinité que je pouvais adorer.

» La mort d'Archibald donna un
nouvel essor à ma passion et à mes
espérances. Ce n'est cependant qu'au
bout de six mois que j'osai me présenter à sa veuve. Elle me reçut sans
difficulté. Elle était pâle et languis-
sante ; mais cet état même lui donnait un nouveau charme à mes yeux.
Assise auprès d'une fenêtre, elle tenait un enfant sur ses genoux. C'é-
tait vous, chère miss ; et après la
douce erreur qui m'a fait découvrir
qui vous êtes, je n'ai pas besoin de

vous décrire sa figure. Vis-à-vis d'elle
pendait le portrait de son époux,
entouré d'une guirlande de roses
blanches. Elle me rendit mon salut
avec amitié, et je restai deux heures
avec elle sans avoir le courage de
lui parler de mes espérances. Vainement me représentai-je que mes pro-
positions étaient devenues légitimes,
je ne pouvais oublier que c'était
Mathilde que j'avais devant les yeux.
« La mort, lui dis-je enfin, nous a
enlevé à tous deux notre Archibald. Oh! puissé-je le remplacer
dans votre cœur! » « Archibald
n'est pas mort, me répondit-elle,
il n'est qu'absent, et Mathilde est
toujours son épouse. » Mon cœur
me rendait éloquent; sa céleste amé-
nité me donnait du courage, et chacun de ses regards..... Mais j'oublie
devant qui je parle. Enfin, fatiguée

de mes importunités, elle fixa le portrait de son époux : « Archibald, dit-elle d'un ton propre à m'anéantir, ton ami veut, pour la seconde fois, rendre ta femme infidèle. Mathilde n'a jamais fait qu'un vœu, elle ne te le renouvelle pas ; mais elle te promet de ne jamais revoir le perturbateur de son repos. »

» Ces paroles me mirent au désespoir ; elles réveillèrent en moi le souvenir de mon crime, et me remplirent de rage contre moi-même. Il t'obéira, m'écriai-je, et finira en même temps tes peines et les siennes. Je n'avais pas achevé de parler, que mon sang coulait déjà. Mon heure dernière était sonnée si Mathilde, aussi prompte que l'éclair, n'eût posé son enfant à terre pour voler à moi et détourner mon poignard. Le coup glissa. Cette céleste femme arrêta mon sang avec son mouchoir. Elle ne pouvait parler, mais tout son corps tremblait. Les cris de son enfant la forcèrent à me quitter ; elle le releva de terre et lui ferma la bouche avec ses baisers. « Laisse-moi, » me dit-elle en me jetant un dernier regard. Elle se précipita avec son enfant dans une pièce voisine. Je fis un mouvement pour la suivre ; mais je fus retenu par l'horreur que je me faisais à moi-même. Je pressai son mouchoir sur ma blessure, je descendis, en chancelant, dans la cour, et quittai lentement le château comme un coupable que l'on mène au supplice.

» Il y avait quinze jours que je vivais éloigné de toute société, et dans l'appartement le plus reculé de mon château, lorsqu'on m'annonça un ecclésiastique étranger qui insistait pour me parler. Il parut devant moi avec l'air solennel d'un Nathan. « Mylord, dit-il, j'ai une commission secrète de lady Douglas à remplir auprès de vous. » Ces paroles retentirent dans mon âme comme la trompette du jugement dernier. « Comment se porte-t-elle ? demandai-je d'un ton de voix tremblante. » « Comme les anges de Dieu, répondit-il ; il y a deux jours qu'elle a rejoint son Archibald. Je fus son confesseur, Mylord, et je sais tout. Hamilton aura besoin de vous, me dit-elle au moment de sa mort ; quand j'aurai cessé d'exister, allez le voir, consolez-le, et dites-lui que je lui pardonne. Remettez-lui ce portrait en mon nom, sa vue le fortifiera peut-être dans les nobles résolutions que j'attends de lui. » Il se tut. La mort même n'eût pu me

rendre plus immobile que ce que je
venais d'entendre. Les traits de Mathilde me rendirent à moi-même. Je
couvris ce portrait de mes baisers, je
l'inondai de mes larmes, et je tom-
bai dans les convulsions de l'agonie.
Abrégeons, chère Miss, car cette
scène m'est encore aussi doulou-
reuse qu'il y a quatorze ans. Les
dernières paroles de Mathilde, et les
pieuses consolations du bon père,
agirent enfin sur mon âme. Personne n'était, plus que lui, capable
de la guérir. Il avait aussi aimé autrefois; il avait aussi perdu une Mathilde; mais son amour avait été
noble et pur, et le sacrifice qu'il lui
fit était digne d'elle. Je résolus de
suivre son exemple, de quitter le
monde, et de consacrer le reste de
mes jours à la pénitence et à la mémoire de mon amie. Je feignis de

partir pour un long voyage d'outre-
mer, et je me réfugiai, loin de mon
château et de mes amis, dans une
grotte que je me rappelais avoir vue
dans ces montagnes lors de mes premiers voyages. Mon nouvel ami m'y
accompagna et m'aida à la rendre
habitable. Lorsque nous nous sépa-
râmes, je lui remis une délégation
pour toucher mes revenus; je n'en
gardai qu'une légère partie pour
l'employer à des actes de bienfaisance
ignorés, et je lui abandonnai le soin
de faire du reste le même usage.
Chaque année il venait me voir, et
célébrer avec moi l'anniversaire du
jour où Mathilde est montée au ciel.
Son portrait et une croix furent les
seuls ornemens de mon autel, et son
mouchoir de cou, que mon sang
impur ne souille plus, lui sert de
tapis. Hélas! ce printemps, j'ai été

obligé de fêter seul le jour de sa mort ; l'homme de Dieu n'habite plus parmi les vivans, mais son esprit n'a pas quitté ma cellule. La paix règne dans mon âme, et l'aventure extraordinaire de ce jour est un avis du Très-Haut, qui m'assure que le meurtrier de Mathilde est pardonné. »

Ici le père Jacob se tut. Mathilde avait à peine osé respirer ; elle ne put répondre à ce récit que par des frémissemens, des soupirs et des larmes. En se disposant à partir, l'ermite lui dit : « Accordez-moi votre confiance, Miss; je vous conseillerai comme un ami, et vous protégerai comme un père. Je viens tous les dimanches à cette ferme, et chaque enfant peut vous indiquer l'ermitage du père Jacob. »

Mathilde raconta à son amie son aventure extraordinaire. On résolut

de faire un pélerinage chez l'ermite,
et de ne rien faire sans les conseils
d'un homme dont la sagesse et la
piété, généralement reconnues, méri-
taient la plus entière confiance. On
ne voulut cependant pas le faire avant
le retour d'Arthur, qui ne parut à la
ferme que le dixième jour. Il raconta
que la fuite de Mathilde avait produit une confusion générale; qu'on
en avait averti le comte par un exprès, et que celui-ci, dès son arrivée
au château, avait envoyé sur toutes
les routes des domestiques à cheval
pour apprendre des nouvelles des fugi-
tives. Lorsqu'ils reparurent sans avoir
pu en apporter aucune, la rage du
comte ne connut plus de bornes; il
fit mettre tous ses domestiques en
prison, monta lui-même à cheval, et
ne fut pas plus heureux que ses émissaires. « Le jour qui a précédé mon

départ, continua Arthur, il revint au château, et fit publier dans tout le canton l'annonce d'une récompense de cent livres à quiconque pourrait découvrir vos traces. Personne ne me soupçonne; et comme les marchandises que je vous avais portées au château se sont toutes trouvées intactes, j'en ai été quitte pour un interrogatoire d'un quart d'heure auquel j'avais eu le temps de me préparer. Il sera cependant nécessaire que je ne vienne ici que rarement, pour éviter les regards des émissaires du comte. Vous ne devez donc pas vous inquiéter de mes absences prolongées.

Mathilde lui fit part alors de son aventure avec l'ermite. Arthur se réjouit beaucoup de ce que le ciel leur eut envoyé cet ami qui pourrait le remplacer en son absence. Et

comme son chemin le conduisait par
la vallée qu'habitait le père Jacob,
les deux amies, sous prétexte de l'accompagner, fixèrent au lendemain
le pélerinage projeté. Le pieux ermite les reçut avec une tendresse pa-
ternelle, et les traita de son mieux
avec les provisions que ses bons voisins lui apportaient de toutes parts.
Il était leur conseil, leur médecin,
leur consolateur; il ramenait la paix
dans leurs familles, et était le refuge
des indigens. Il ne gardait jamais
pour plus de trois jours de provisions
dans sa cellule; le reste, il le distri-
buait aux nécessiteux dont la guerre
avait considérablement augmenté le
nombre; et c'était principalement
sur les vieillards qu'il aimait à ré-
pandre ses dons. Il disait que les
aumônes considérables qu'il faisait
dans le silence lui étaient remises

par des mains inconnues, et il n'é-
tait encore venu à l'idée de personne
de penser qu'il fût non-seulement
l'instrument, mais aussi la source de
tant de bienfaits. Mathilde lui fit part
des nouvelles qu'Arthur avait apportées, et sollicita sa protection. « Con-
solez-vous, lui dit-il, vous êtes sous
une bien plus puissante protection
que la mienne; et si vous avez besoin
du secours des hommes, il ne vous
manquera pas non plus. Je ne connais pas le monde actuel, et n'en suis
pas connu; mais mon nom et ma
personne ne sont pas étrangers au
roi. S'il était nécessaire, le père Jacob
irait jusqu'au pied du trône demander
justice pour Mathilde. »

Pour ôter à l'oncle vindicatif tous
les moyens de découvrir la retraite
de sa nièce, on arrêta qu'à son premier voyage Arthur ne paraîtrait pas

à la ferme, mais qu'il déposerait ses nouvelles chez l'ermite qui trouverait bien les moyens de les faire parvenir à Mathilde.

Les deux amies revinrent vers midi, et quoique le petit pélerinage les eût un peu fatiguées, Mathilde ne voulut cependant pas se dispenser d'aller après dîner près de son troupeau. La chaleur était extrême, le ruisseau près duquel elle s'assit l'invita, par sa fraîcheur et son doux murmure, à goûter un moment de repos. La jeune Baby était restée à la maison. La bénédiction de l'ermite avait rendu la paix et l'espérance à l'âme de Mathilde. Elle s'endormit d'un profond sommeil.

Quel fut son étonnement de voir à son réveil un beau jeune homme assis à ses côtés, et qui, avec une une branche d'arbre, protégeait son sommeil en écartant les insectes qui voltigeaient autour d'elle. Son regard rencontra le sien, et lui exprima un salut qu'aucune langue ne saurait rendre. Elle s'était levée; mais était-ce la peur, était-ce la confiance qui fit qu'elle ne se sauva pas? « Je vous salue, charmante bergère, lui dit l'étranger; la chasse m'avait conduit dans cette riante vallée, je vous ai trouvé endormie, et j'ai oublié la chasse pour défendre le repos de l'innocence. »

La voix pure et agréable du jeune homme retentit doucement au cœur de Mathilde. « Je vous remercie, dit-elle, de vos bontés; la chaleur est grande; j'ai là du lait dans un flacon, voulez-vous vous rafraîchir? » En disant ces paroles, elle lui présenta le flacon. L'étranger le reçut avec avec plaisir, et, avant de boire, il pressa de ses lèvres l'ouverture. Cette manière de remercier plut infiniment à Mathilde qui cependant dissimula la joie qu'elle en ressentait. En reprenant le flacon, elle sentit serrer sa main, mais si faiblement, qu'elle ne s'en fût pas aperçue si une autre main en eût fait autant. « Le soleil commence à se cacher derrière les montagnes, dit-elle, il est temps que je fasse rentrer mon troupeau. » L'étranger l'aida à se relever et lui présenta sa houlette qui était à côté d'elle. « Oserai-je vous demander, aimable bergère, si votre demeure est éloignée d'ici ? »

— « Sur la colline, derrière les pommiers.

— » Avez-vous là votre mère ?

— » Je n'en ai plus, et je suis étrangère dans cette contrée. Une cousine éloignée m'a reçu chez elle avec ma sœur, jusqu'à ce que nous trouvions à nous placer.

» Vous placer ? — Peut-être.... Je voulais vous proposer de m'employer pour vous dans la ville ; mais......, votre nom ? »

« Mathilde Harold, des environs de Glasgow. » Harold était le nom d'Arthur ; et s'étant données pour ses sœurs, les deux amies devaient le porter également. L'étranger réfléchit quelques instans, puis il continua : « Non, vous êtes mieux ici qu'à la ville ; l'asile le plus sûr de l'innocence est une chaumière. N'avez-vous jamais habité une ville ?

— » Non, Sir, et je ne l'ai jamais désiré.

— » C'est un bonheur pour vous d'aimer l'obscurité ; puisse jamais aucun séducteur ne vous découvrir ici ! »

Mathilde le regarda comme si elle voulait lui dire : Parlez-vous sérieusement ? Mais sa physionomie, qui n'est pas toujours aux ordres de l'hypocrite même, confirma le discours de l'étranger.

— « Peut-être, Sir, demeurez-vous dans une ville ?

— » Pas toujours ; je suis attaché au comte d'Argyl, et j'habite depuis quelques jours son château de chasse, situé derrière la forêt. Je ne savais pas que dans mon voisinage il existait une Mathilde. »

Mathilde rougit. Pour cacher son trouble, elle fit avancer quelques chèvres qui étaient restées en arrière. L'étranger marchait toujours à ses côtés. Déjà l'on découvrait le toit de chaume de son habitation ; alors il s'arrêta. « Adieu, Mathilde, je sens que je ne dois ni vous retenir ni vous accompagner. »

— « Je vous remercie, Sir, de.... votre bonté.

— » Je m'appelle Edouard, et suis sûr que vous oublierez beaucoup plus tôt ce nom que moi celui de Mathilde. »

Vous vous trompez, allait dire Mathilde, mais une main invisible lui ferma la bouche. Elle le salua avec une grâce inimitable, et Édouard la quitta lentement. Trois fois il se retourna, et trois fois ses regards rencontrèrent ceux de Mathilde. Enfin, quand elle se retourna pour la quatrième fois elle ne distingua plus que son panache ; la pointe de la colline dérobait à sa vue le reste de sa personne.

Mathilde arriva lentement et rêveuse à la ferme. Elle n'éprouvait aucun désir de raconter son aventure à Brigitte, pour qui, cependant, elle n'avait point de secrets. Elle ne pouvait se rendre raison des motifs qui la portaient à cette retenue; mais elle obéit à un sentiment intérieur, sans examiner ce qui l'y déterminait. Pour la première fois, depuis qu'elle était bergère, la nuit lui parut trop longue; elle se leva de très-bonne heure, et quand Brigitte vint, comme à l'ordinaire, pour l'éveiller, elle allait partir avec son troupeau.

Un instinct secret la conduisit vers le lieu où elle s'était reposée la veille. La place était recouverte des plus belles fleurs; elle crut rêver, et ramassa quelques roses, quelques anémones et quelques œillets, pour s'assurer si cette scène n'était pas une illusion. « Cela vient de *lui*, se dit-elle tout bas il n'y a que *lui* qui puisse avoir fait cela. » Elle ne le nomme pas par son nom, car pour elle il n'existait pas d'autre *lui*. Long-temps elle fixa, en souriant, ce tapis varié. A la fin elle s'assit, fit un bouquet de plusieurs des plus belles fleurs, et le plaça sur son sein. Tout-à-coup une idée vint la saisir : Il est peut-être dans les environs ! Elle se lève précipitamment, regarde de tous côtés, marche avec une vivacité craintive le long du ruisseau et dans le fond du vallon, comme s'il l'observait. Un bruit léger qu'elle crut entendre la fit arrêter; elle s'éleva pour voir à travers les broussailles si elle ne le distinguerait pas ; mais elle ne vit personne. C'était un agneau qui rongeait les feuilles tendres d'un genévrier.

Point d'Édouard de toute la journée. Mathilde s'en retourna à la

maison aussi lentement, mais toute-
fois plus gaie qu'elle n'était venue.
« *Il* ne t'a pas oubliée, se disait-elle,
il reviendra certainement. Alors elle
jeta un coup d'œil sur son bouquet,
et le cacha soigneusement dans son
sein. « Brigitte et Gertrude, pen-
sait-elle, pourraient demander de
qui je le tiens ». En se couchant,
elle le mit dans un verre d'eau fraîche, et le plaça hors de la fenêtre
pour le reprendre le lendemain.

Toute la nuit elle rêva sans pouvoir dormir, et se leva encore plus
matin que le jour précédent. Si je
m'étais levée hier de meilleure heure,
je l'aurais rencontré, car les fleurs
étaient fraîches, il ne pouvait les
avoir cueillies que le même jour.
En se faisant à elle-même ce raison-
nement, Mathilde conduisit son
troupeau dans le vallon. Le pressen-

timent de son cœur ne la trompa
point; elle surprit l'aimable enthousiaste à son occupation de la veille.
Au même instant il l'aperçut aussi ;
tous deux restèrent un moment im-
mobiles, et puis se rapprochèrent
sans s'occuper de se cacher ni leur
embarras, ni le plaisir qu'ils avaient
de se revoir.

« Je pensais bien que c'était vous,
s'écria-t-elle avec une confiance aimable ; voyez-vous bien que je le
pensais ? » En même temps elle lui
montra son bouquet. L'innocente
fille n'imaginait pas ce que cela eût
signifié pour un homme expert en
galanterie ; mais Édouard n'était rien
moins qu'un galant expert. Il ne répondit que par un regard tendre et
plein d'amour. Il fit un nouveau
bouquet avec les fleurs nouvelles, et
pria Mathilde de changer avec lui.

Elle lui donna le sien, et il le plaça
sur son cœur comme il eût pu faire
du prix d'un tournois, ou plutôt
d'une relique sacrée. « Daignez,
aimable Mathilde, dit-il, m'accorder la permission de rester une heure
près de vous. Qui vous a vue une
fois, ne compte que les jours où il
vous revoit encore

» *Sir*... balbutia Mathilde en rou-
gissant.

Edouard. Edouard est mon nom;
je vous disais bien que vous l'ou-
blieriez.

Mathilde. L'oublier ! non,
Edouard; mais parlez-vous sérieusement?

Edouard. Chère Mathilde ! je
vous remercie de votre doute.

Ce remercîment était accompagné
d'un serrement de main auquel Mathilde répondit avec le sourire de

l'innocence. Alors suivit une scène
muette. L'amour naissant n'est pas
riche en expressions. Mathilde jouait
avec les fleurs éparses, et parlait quelquefois de la beauté de la matinée,
de sa sœur, de sa cousine et même
de son troupeau, sur lequel elle jetait de temps en temps des regards
distraits. Edouard ajoutait quelques
réflexions sur les beautés de la nature et les plaisirs purs de la vie
champêtre. Mathilde y mêlait quelques observations qui, plus d'une
fois, excitèret en lui un étonnement
secret. Elle était trop neuve dans
l'art de dissimuler, et son rôle était
trop nouveau, pour qu'il lui fût
possible de le jouer long-temps également bien. Elle consentait à passer
pour une bergère, mais non pas pour
une bergère stupide, surtout aux
yeux d'un homme aussi bien élevé

qu'Edouard ; et dans ce combat entre l'amour-propre et la circonspec-
tion, celle-ci pourrait n'avoir pas
toujours raison.

C'était ainsi que l'heure fuyait sans
qu'ils s'en aperçussent. « Quel est
cet enfant ? » dit Edouard, qui avait,
par hasard, porté les yeux du côté
de la ferme. « Ah ! dit Mathilde,
c'est Baby qui m'apporte mon déjeûner. — Je vous quitte à regret,
dit-il, lorsqu'il s'aperçut de son embarras ; mais il me semble que vous
le désirez. A revoir donc, chère
Mathilde. » Il était déjà loin lorsque
Baby, sans l'avoir aperçu, arriva
avec son pot au lait et son petit
pain. Mathilde s'avança au-devant
d'elle, et, pour la première fois, la
reçut avec peu d'amitié. Elle passa
la plus grande partie du jour sur le
lieu jonché de fleurs qui donnait

tant d'activité à ses idées. Elle se rappela les scènes des deux jours pré-
cédens, et porta plus d'une fois ses
regards vers le buisson derrière lequel Edouard avait disparu. Peut-
être reviendra-t-il, se disait-elle; il
me semble qu'il l'a promis; mais
Edouard ne revint pas. Pourquoi
Baby l'a-t-elle fait partir! une autre
fois cette petite fille peut rester à la
maison. Ah! si, comme moi, il
était berger, nos troupeaux pourraient paître ensemble! Ces réflexions la suivirent dans sa cabane;
une douce mélancolie remplissait
son âme; elle était distraite, silencieuse, abattue; et quand Brigitte
lui demanda la raison de sa tristesse,
elle ne reçut d'autre réponse, sinon
qu'on ne pouvait pas toujours être
gaie.

Son inquiétude augmenta le len-

demain matin ; la colline de verdure
n'était pas jonchée de fleurs, et
Edouard ne parut pas. Mathilde
passa toute la matinée dans l'état
d'une nouvelle mariée qui attend sur
le bord de la mer le vaisseau qui
doit ramener son époux. Elle prit sa
ligne , s'assit sur le bord du ruisseau,
et y jeta l'hameçon. Il y avait presque une heure qu'elle attendait, sans
rien prendre , quand un léger bruit
se fit entendre derrière elle. Persua-
dée que c'était Baby qui revenait de
la maison où elle l'avait laissée. « Eh
quoi, dit-elle avec humeur et sans se
retourner, tu es encore là ? » *Encore!*
répondit une voix douce , mais avec
l'accent de la tristesse.

« Ah ! Edouard ; je pensais que
c'était cette petite fille qui m'étourdit
de son babil continuel. »

Mathilde voulait se relever , mais

Edouard l'en empêcha. « Permettez-moi, lui dit-il, de m'asseoir près de vous, et prêtez-moi votre ligne; dans mon enfance j'étais heureux à la pêche. » Mathilde la lui donna; mais Edouard avait oublié ce métier; il laissa son hameçon flotter au gré de l'onde fugitive, et ses regards étaient constamment fixés sur le charmant visage de Mathilde. Tous deux avaient perdu la parole ; mais leurs cœurs s'entendaient. Edouard interrompit tout-à-coup ce muet dialogue : il sortit de sa gibecière une petite corbeille couverte, et la mit sur les genoux de sa jeune amie. « Il fait très-chaud, chère Mathilde, ne voulez-vous pas vous rafraîchir? voilà quelques fraises que j'ai cueillies pour vous dans notre jardin. »

Je vous remercie, dit Mathilde, en acceptant quelques fraises; le

comte d'Argyl a sans doute un très-
beau jardin?

Edouard. Il y a trois jours que je
le trouvais beau; mais je ne trouve à
présent de beau dans toute la nature
que le lieu fortuné où Mathilde vient
garder ses moutons.

Mathilde (troublée). Vous êtes
un homme de cour, Edouard.

Edouard. Si j'étais un homme de
cour, je ne serais pas ici. Cependant
je bénis mon sort; dans la capitale
je n'ai pas vu de Mathilde.

Il appuya sur ces mots, *pas de
Mathilde*, avec cet accent inimita -
ble du sentiment qui éloigne jusqu'au
soupçon de la flatterie. Mathilde en
sentit toute la valeur, baissa les yeux
un peu confuse, et continua à manger ses fraises en silence. Edouard
alors, pour la première fois, jeta les
yeux sur son hameçon; un gros

poisson s'y était pris. Il voulut tirer
sa ligne, mais il le fit trop vivement,
car au moment où le prisonnier n'é-
tait plus qu'à un pied du rivage, le fil
se cassa. Mathilde, en se baissant
pour le rattraper, tomba dans l'eau.
Edouard s'y précipita comme un
trait; il la prit dans ses bras et la ra-
mena sur le bord : elle était presque
évanouie. Edouard lui plaça la main
sous la tête pour l'aider à reprendre
ses sens. « Mathilde, s'écriait-il en
détachant le ruban de son chapeau,
et rangeant les cheveux blonds tout
mouillés qui cachaient son front,
ma chère, ma bonne Mathilde! Dieu!
se peut-il!... Mathilde revient à elle ;
une aimable rougeur colorait ses
joues. Elle se releva, et rajusta son
mouchoir un peu dérangé. « Ce n'est
rien, dit-elle d'une voix doucement
émue; je ne sais comment cela s'est

fait. Je vous remercie, vous m'avez sauvé la vie, je n'oublierai jamais ce moment. » Ni moi non plus, pensa Edouard, qui sentit son âme embrasée d'un feu qu'il n'avait jamais éprouvé; muet, il saisit la main de Mathilde, et le serrement de main dont elle accompagna son remercîment fit résonner chaque fibre de son cœur. Il faut, dit-elle après une courte extase qui sembla lui ouvrir un nouveau ciel, il faut que j'aille à la maison changer d'habits. Je ne vous laisserai pas aller seule, chère Mathilde, il faut que je vous offre mon bras. » Ils s'acheminèrent vers la ferme en gardant le silence. Mathilde, dont la frayeur avait affaibli les forces, s'appuyait sur le bras de son conducteur avec la sécurité de l'innocence. Brigitte les voyant venir accourut au devant d'eux : « Sir,

voilà ma sœur, dit Mathilde en quit-
tant le bras d'Edouard. Ma chère
Brigitte, je suis tombée dans l'eau,
et voilà mon sauveur. »

Après bien des révérences et des
exclamations, madame Gertrude, qui
était accourue de son côté, réfléchit
enfin qu'il pouvait n'être pas bon que
Mathilde restât ainsi dans la cour.
Elle l'abandonna à sa sœur, et conduisit son conducteur dans la salle,
où elle le combla de nouvelles louan-
ges et de nouveaux remercîmens.
Elle présenta ensuite à Edouard un
gobelet rempli de lait : celui-ci l'ap-
cepta ; puis, pour éviter de nouveaux
complimens, il fit tomber la conversation sur différens objets d'économie rurale. Au bout d'un quart-
d'heure Mathilde reparut fraîche et
colorée comme une rose ou comme
un œillet qu'a pénétré la rosée du

mois de mai. Le hasard eut peu de
part au choix qu'elle avait fait du
plus joli de ses anciens habits du matin. Plus timide qu'auparavant, parce
que le souvenir du danger qu'elle a-
vait couru la liait en quelque sorte
à son libérateur, elle alla s'asseoir
sur le banc près d'Edouard, et vit
avec beaucoup plus de satisfaction
que celui-ci dame Gertrude se charger de tous les frais de la conversation. « Je vois, dit enfin Edouard,
que je puis être sans inquiétude sur
votre santé; j'espère apprendre demain votre entière guérison. » A ces
mots il sortit accompagné des béné-
dictions de dame Gertrude, qui le
reconduisit avec les deux amies
jusqu'au bout de la cour. Rentrée
à la maison, elle ne parla durant
toute la soirée que de la super-
be figure et des manières tout ai-

mables *du charmant gentleman.*

Au fond, mistriss Gertrude n'avait pas tort; Edouard était doué d'une de ces figures qui ne ressemblent qu'à elles-mêmes. Que l'on se peigne le jeune Alcide tendant la main à la vertu, et tempérant la fierté de ses regards par la douceur et la bonté, on aura une idée de cet excellent jeune homme. Il était dans sa vingtième année et fils unique du feu comte d'Argyl, circonstance qu'il avait cachée à Mathilde. Son frère aîné mourut peu de temps avant son père, de sorte qu'il se trouvait l'héritier de ses titres et d'une fortune considérable.

Destiné d'abord, comme fils cadet, à l'état ecclésiastique, le comte l'avait remis, dès sa treizième année, entre les mains de son ancien ami l'évêque de St.-André, dans l'intention d'en faire non pas un moine, mais

un brave chevalier de St.-Jean de Jérusalem. Personne ne pouvait mieux
que l'évêque répondre aux désirs du
comte. Dans sa jeunesse il avait porté
les armes avec honneur, et le désespoir d'un amour malheureux l'avait
forcé de changer d'état. Edwina, son
amante, avait plus de vertus qu'elle
ne comptait de quartiers de noblesse.
Le peu d'éclat de sa naissance déplut
au père de son amant, qui ne voulut
pas permettre une alliance à laquelle
tout le bonheur de son fils était attaché. Lorsque Edwina sut qu'elle
ne pouvait obtenir son amant sans le
rendre désobéissant aux ordres de
son père, elle s'enfuit secrètement
dans un couvent, 'et lui écrivit qu'il
fallait renoncer pour toujours à leur
union.

Alfred essaya en vain de la détourner de son projet, et lorsqu'il *se* vit

obligé d'y renoncer, il se fit prêtre : il se conduisit en saint, sans chercher à en porter le nom ni la réputation. Ce fut lui qui assista lady Douglas dans ses derniers momens, et qui rendit à lui-même le désespéré Hamilton. C'était lui qui, tous les ans, fêtait dans la solitude l'anniversaire de la mort de lady Mathilde. Devenu évêque, cette dignité ne l'empêcha jamais de continuer ce saint pélerinage, et c'était alors qu'il lisait à son ami quelques lettres de sa défunte Edwina, qui seule méritait d'être comparée à Mathilde.

Ces mêmes lettres furent le catéchisme dans les principes duquel il éleva son disciple Edouard, quand son cœur fut en état de l'entendre et d'être initié dans les secrets de son maître. Edouard puisa dans cette source une noblesse d'âme que l'ancienneté de sa maison ne lui eût pas communiquée, et conçut pour les femmes vertueuses ce respect qui ferme le cœur des jeunes gens aux passions communes. « Si tu trouves jamais une femme qui ressemble à mon Edwina, lui disait ce bon prélat, ne crains pas de l'aimer; par elle, tu deviendras meilleur que si tu consacrais tous les jours au jeûne et à la prière; mais garde-toi de lui demander plus qu'elle ne peut accorder. Un chevalier prêtre ne cesse pas d'être un homme; mais il ne doit pas oublier qu'il est appelé à être un héros. Quiconque protége l'innocence fait une plus belle action que s'il enlevait l'étendard de Mahomet; et celui qui la corrompt est pire qu'un meurtrier: *il tue toute une colonie du paradis.* Tu trouveras d'indignes frères qui, sans corrompre l'innocence, ne rougissent pas de succéder aux corrupteurs et de salarier le vice. Ne pouvant plus déshonorer leurs Phrynés, ils se déshonorent eux-mêmes. Le brigand qui boit dans le calice qu'il a volé à une église, n'est pas aussi punissable que l'homme qui, après avoir fait serment à Dieu, prostitue son cœur à une concubine. »

Après la mort de son frère, Edouard, en entrant dans le monde, y apporta les principes dans lesquels il avait été élevé. Sa manière de penser ne changea pas avec son sort; son respectable mentor, près de succomber dans une maladie désespérée, appela son cher élève près de son lit de mort, et lui demanda s'il pouvait emporter dans le tombeau l'assurance que, dans sa carrière mondaine, il n'oublierait jamais les préceptes de son vieil ami. Edouard le lui promit;

et le vieillard , en le bénissant, termina par ces mots : « *Que Dieu te
fasse la grâce de trouver un jour
une Edwina !* »

Il n'y avait pas un an que cette
scène s'était passée , lorsque le jeune
homme rencontra Mathilde. A la vérité il ne la prit pas d'abord pour
l'Edwina qu'il cherchait ; cependant
jamais l'innocence ne lui avait apparu sous des traits plus ressemblans.
La persuasion qu'il avait qu'elle n'é-
tait qu'une bergère, offrait un puissant appât à ses idées romanesques.
Edwina aussi était d'une famille obs-
cure ; qui sait, se disait-il, si je ne
dois pas trouver mon Edwina dans
une cabane de berger ? Ces pensées
l'occupèrent surtout à son retour de
la ferme , et la scène du ruisseau
était bien faite non-seulement pour
exalter son cœur, mais encore pour

donner l'essor à son imagination romanesque. Mathilde, à son tour, depuis
cette intéressante aventure , regardait celui qui l'avait sauvée comme
quelque chose de plus qu'un beau
jeune homme. Pendant qu'elle était
appuyée sur son bras, elle se disait à
elle-même : S'il savait qui est cette
bergère pour laquelle il a eu tant de
bonté ! Mais non, il vaut mieux qu'il
continue à l'ignorer ; j'aime mieux
attirer ses regards comme bergère
que comme comtesse : peut-être cette
autre condition l'effrayerait-elle.

Son cœur était trop plein pour ne
pas l'épancher dans le sein de l'amitié. Déjà elle s'était reproché plus
d'une fois sa discrétion envers Brigitte ; et elle éprouvait vivement le
besoin d'avoir une confidente à qui
elle pût découvrir le nouvel état de
son âme.

Brigitte, en l'écoutant, laissait voir sur sa physionomie cette satisfaction attentive, signe non équivoque d'un cœur qui partage vos sensations. Elle connaissait l'amour mieux que Mathilde, et n'avait pas besoin de toute son expérience pour se convaincre que le cœur de cette excellente fille renfermait plus que de la reconnaissance pour l'homme qui l'avait sauvée. Sans vouloir l'effrayer, elle ne crut pas, cependant, devoir encourager son amour naissant pour un homme qui lui était inconnu. « Edouard, lui disait-elle, me paraît un brave et noble jeune homme ; mais vous ne le connaissez pas. Il faut, ma chère maîtresse, vous tenir en garde contre les reproches que le monde pourrait vous faire et que votre cœur même vous ferait. »—Comment faire, ma chère Brigitte ? —

« Je ne puis vous donner aucun conseil ; mais ce sera notre vénérable ermite qui le pourra, et qui le fera
certainement. A votre place je lu
ouvrirais mon cœur. Edouard vous
aime, vous ne pouvez en douter ;
il renouvellera ses visites, il vous
avouera peut-être son amour. Tant
mieux, s'il le fait ; je m'y fierais
moins s'il gardait le silence, et son
aveu peut vous fournir l'occasion de
le sonder sur ses vues. Mais en sup-
posant qu'elles soient honnêtes, comme je n'en doute pas, la différence
entre ce que vous êtes et ce que vous
paraissez être est si grande, qu'il
faudrait que, pour vous convenir, il
fût au moins chevalier. » Cette re-
marque répandit un nuage sur le
front de Mathilde. Brigitte le remarqua, et s'interrompit elle-même :
« Il est vrai qu'il a même l'air d'être

I.   8

quelque chose de plus qu'un simple chevalier ; mais...... cependant..... comme je viens de vous le dire, le père Jacob vous conseillera mieux que moi, et c'est demain le jour qu'il vient ici chercher son offrande. » On s'en tint à cette résolution, et Mathilde alla se coucher le cœur plus soulagé.

Le troupeau ne sortait pas le dimanche. Mathilde resta à la maison, pendant que mistriss Gertrude et les autres allèrent à l'église. Mathilde attendait l'ermite : il ne vint pas ; mais à sa place Edouard parut au haut de la colline dans tout l'éclat de la jeunesse et de la beauté. Mathilde ne l'aperçut pas d'abord. Assise sur le banc qu'ombrageait le pommier, elle était occupée à lire des contes tirés de la Bible, écrits, dans le goût du temps, sur des rouleaux de parchemin et ornés de figures. Dès qu'elle aperçut le jeune homme, elle mit le livre de côté et s'avança quelques pas vers lui. « Je venais, chère Mathilde, m'informer de votre santé ; mais la fraîcheur de votre visage répond pour vous de la manière qui pouvait le plus me flatter. » En effet, la subite apparition d'Edouard l'avait colorée du plus vif incarnat.

« Asseyez - vous, Edouard, vous devez être fatigué.

» Fatigué ! savez-vous que je demeure à peine à deux milles d'ici ? et puis je vais avoir le temps de me reposer, car je viens m'inviter à dîner chez votre cousine ; et il déposa aux pieds de Mathilde un lièvre qu'il portait sur son épaule, pendu à son javelot. « Mais quel livre lisez-vous là ? »

Mathilde. C'est un cadeau que ma

tante m'a fait quand j'appris à lire.

Edouard. Comment, Mathilde! vous savez lire?

Ce talent était alors aussi rare parmi les filles nobles, qu'il l'est encore aujourd'hui parmi les bergères des montagnes d'Ecosse.

Edouard (ouvrant le livre). Il est beau, charmant! Savez-vous bien, Mathilde, que vous possédez-là un trésor sans prix?

Mathilde. Il m'est précieux à double titre : la main à qui je le dois, et plus encore par ce qu'il renferme.

Edouard la regarda d'un air pénétrant, comme s'il voulait dire : Non, par le Ciel! une bergère ne parle pas ainsi. Mathilde le comprit, et s'efforça de cacher son trouble. Oserais-je demander, continua-t-il, ce que vous lisez?

Mathilde. L'histoire d'Esther.

Edouard. Charmante histoire, dont la morale prouve que la vertu ne brille jamais mieux que dans l'obscurité, et que c'est peu pour l'Eternel de donner une couronne à une pauvre orpheline.

Mathilde. Vous avez raison; mais... Ici elle se tut.

Edouard. Eh bien! que voulez-vous dire?

Mathilde. Rien, ce n'est qu'un doute puéril qui m'est venu à la lecture de cette histoire.

Edouard. Quel doute? dites-le moi!

Mathilde. C'est de savoir si Esther était en effet aussi heureuse qu'elle paraissait l'être à ses rivales, et que son fier amant croyait la rendre?

Edouard (surpris). Et pourquoi en doutez-vous?

Mathilde. Parce que la naissance et la richesse ne rendent pas toujours heureux ; l'élévation d'un état obscur à un rang distigué peut aussi n'être pas toujours un bonheur. Il y a des momens où Esther devait éprouver qu'elle eût été plus heureuse près d'un berger vertueux.

Edouard, dans un transport dont il ne fut pas le maître, prit la main de Mathilde et la pressa contre ses lèvres brûlantes. « Fille divine ! s'écria-t-il, qui que tu sois, je respecte ton secret. Si ces idées-là sont nées dans le cœur d'une bergère, cette bergère mérite une couronne. Mais je me trompe, elle mérite le cœur d'un amant qui pût t'offrir ce que tu préfères aux couronnes. Ah ! Mathilde, que de bonheur j'éprouve à lire dans ton âme céleste ! que je serais heureux !.... »

Mathilde n'avait pas eu la force de retirer sa main qu'Edouard tenait fortement dans la sienne, et qu'il portait tantôt sur son cœur, tantôt vers sa bouche. Dans cet instant elle aperçut mistriss Gertrude, Brigitte et Baby qui arrivaient par le sentier de la ferme. Voilà notre monde qui arrive, dit-elle d'une voix affaiblie par son émotion, et sans qu'il lui fût possible de se lever du banc. Edouard, pour lui laisser le temps de se remettre, courut au-devant des pélerines, et dit à la fermière : « Je suis venu voir si Mathilde était bien remise de sa frayeur, et pour fêter avec vous ce beau dimanche. » Mathilde s'approcha en même temps et présenta le lièvre à Gertrude. Celle-ci s'épuisait en remercîmens sur l'honneur que l'on faisait à sa maison. « N'est-il pas vrai, Brigitte, dit

Mathilde, que tu m'aideras à arranger le dîner ? » — Alors le cortège s'achemine vers la maison, et Gertrude, avec toute la célérité que comportait son âge, monta au colombier pour ajouter aussi de son côté quelque chose au repas. « Je suis chasseur, dit Edouard aux deux jeunes amies ; c'est à moi à vider le gibier.» Il les suivit à la cuisine, où parut bientôt aussi l'active Gertrude avec les pigeons qu'elle venait de tuer, et tout ce que son garde-manger avait pu lui fournir de meilleur. « Tu ne fais que nous gêner ici, Mathilde, dit la malicieuse Brigitte; va, en attendant, au jardin avec Monsieur, qui t'aidera bien à cueillir une corbeille de fruits. Elle a raison, dit Gertrude ; les prunes près la muraille de la grange sont mûres, choisissez les plus belles. — « Venez, Mathilde, montrez-moi le

chemin , » dit Edouard en la prenant par la main. Mathilde ne pouvait se rendre compte si elle le suivait de bon gré , ou si elle était en-
traînée. Son cœur avait été tellement
agité par la conversation qui avait
eu lieu sous le pommier, qu'elle pouvait à peine respirer. Par bonheur
elle avait oublié , dans sa distrac-
tion , de prendre un panier que Baby
leur apporta au moment où Edouard
allait reprendre sa déclaration , si
mal à propos interrompue par l'arrivée de la fermière. Baby voulut
aussi aider à faire les honneurs de la
maison , et ramassait, en sautant,
les prunes que le bras nerveux d'E-
douard faisait tomber de l'arbre. Cet
incident, en changeant la conversation, donna à Mathilde le temps de
reprendre entièrement ses esprits.
Quand la corbeille fut pleine, l'idée

lui prit d'en garnir le bord de fleurs, et Edouard voulut les cueillir pour avoir quelque occasion de toucher les doigts de cette fille chérie.

En apportant le dessert dans la chambre, on trouva l'infatigable Gertrude occupée à mettre le couvert. Mathilde alla chercher les assiettes, et lava les jattes de terre, tandis que Baby considérait le chapeau d'Edouard, posé sur un banc, et passait la main sur les belles plumes dont il était orné. « Les trouves-tu belles, ces plumes ? dit Edouard, dès qu'il s'aperçut de l'attention de l'enfant. Oh ! oui, mon cher, dit la jeune fille. » Alors il en détacha une, et la plaça sur le chapeau de paille de l'enfant. Cette faveur, c'est ainsi que l'appelait madame Gertrude, la rendit folle de plaisir ; et n'eût-elle eu qu'une oie, comme

Baucis, elle l'eût servie de bon cœur à ses hôtes. La générosité d'Edouard décida du sort d'une cruche de cidre qui était encore restée dans la cave du vivant de son cher Thomas, et que l'on monta pour célébrer ce beau jour.

On servit alors, et Mathilde, comme la reine de la fête, fut placée à côté de son libérateur. Jamais repas de noces ne fut plus joyeux que ce petit repas champêtre. L'hôtesse, qui aimait à parler, s'étendit beaucoup sur le mérite du lièvre, la principale pièce du repas. Edouard parla peu, et mangea moins encore. Son âme respirait une félicité qui lui fit tout oublier, et sans la fermière, qui le lui rappelait souvent, il se fût rassasié dans les yeux de Mathilde. Au dessert, on remplit les tasses de cidre, et on les vida à la santé d'Edouard et du roi Robert. « C'est un bon prince, dit la veuve ; mais notre bon lord Argyle était encore meilleur : Dieu veuille avoir son âme ! Il y a deux ans, les eaux m'avaient fait beaucoup de dégât ; il me remit vingt couronnes sur mon fermage. On dit que le jeune seigneur est bon aussi. Mais vous, qui êtes tous les jours avec lui, vous devez savoir cela mieux que personne. » Edouard était embarrassé, et ne savait que répondre. « Ce que je puis vous assurer, dit-il, c'est qu'il s'efforce de marcher sur les traces de son père. — Eh bien ! que Dieu le bénisse, dit la veuve ; buvons à sa santé. Dites-lui que nous prions tous les jours pour lui, et que vous avez bu avec nous à sa santé. » L'aimable franchise de la veuve émut profondément le cœur d'Edouard ;

ses yeux se remplirent de larmes.
« Oui , brave femme , je le lui dirai,
répondit-il ; et vous assure que s'il
pouvait être jaloux de moi , il le serait dans ce moment. »

Cette scène produisit le même
effet sur le cœur de la sensible Mathilde. Elle tira son mouchoir, et
tàcha d'essuyer , sans être vue , les
larmes qui trahissaient son émotion.
Edouard s'en aperçut , et dit en lui-
même : J'ai trouvé mon Edwina.
« Eh bien , dit Brigitte , pourquoi si
sérieuse , je dirai presque si triste ,
chère Mathilde ? tu as presque l'air
d'une fiancée. Chante-nous une de
ces chansons que notre cousin le
troubadour t'a apprise. — Est - ce
qu'elle chante? demanda Edouard.
— Oh ! oui, et pince même de la
harpe. Cette fille a gardé pour elle
seule tous les talens de la famille. —

Attends, babillarde, dit Mathilde,
je parlerai de toi au père Jacob. »
Brigitte rougit et se tut, voyant
bien qu'elle en avait trop dit. Edouard
se tut aussi, et devint immobile sur
son siége, dans l'état d'un homme
qui craindrait que tout ce qu'il voit
et entend ne fût qu'un songe. Gertrude, qui n'avait pas les mêmes
raisons de garder le silence, le rompit pour dire qu'elle était bien fâchée
que le père Jacob fût parti avant
son retour de l'église, et qu'elle
l'aurait retenu à dîner.

Mathilde. Eh mais ! il n'est pas
venu du tout.

Gertrude. Cela m'étonne ; il faut
qu'il ait été retenu par quelque
chose de bien important, car il ne
manque jamais de venir.

Edouard, à Mathilde. Quel est ce
père Jacob ?

Mathilde. Un vénérable ermite qui demeure dans les environs. Il a été l'ami de mes parens ; je l'aime et je l'honore comme un père , et ne fais rien sans prendre ses conseils.

Gertrude. Vous devriez le connaître, il est sage, il est bon comme un apôtre. Il nous aurait rendu cette journée encore plus agréable. Mais, pour ne pas l'oublier, Mathilde , dites-nous votre chanson.

Edouard. Bravo , mistriss Gertrude ; j'allais aussi vous le rappeler.

Gertrude. Répétez-nous celle que je vous ai entendue chanter ce matin dans le jardin. Je vous ai écoutée par la fenêtre de ma chambre. Sur mon âme ! votre voix m'a fait autant de plaisir que le chant du rossignol.

Mathilde fut bien aise qu'on ne lui eut pas laissé le choix de la chan-

son ; et son cœur n'avait rien à ob-
jecter contre celui de dame Gertrude. Sans attendre qu'on la priât
davantage , elle se mit à chanter.
Elle trembla un peu d'abord ; mais
au second couplet , elle donna tout
son es sor à sa voix mélodieuse.

ROMANCE.

Ervin , assis sur la fougère,
Caressait la jeune Selma,
Son bras enlaçait la bergère,
Que pour toujours son cœur aima.
Le doux regard de son amante
Répondait à sa vive ardeur,
Et dans son ivresse touchante
Sa voix célébra son bonheur :

« Si du sort les faveurs trompeuses,
» M'offraient des palais éclatans,
» Pleins de beautés aussi nombreuses
» Que les fleurs le sont au printemps,
» Ah ! tant de nobles damoiselles

» Ne me causeraient nul émoi ;
» Et mes yeux se portant loin d'elles,
» Selma, ne chercheraient que toi. »

Sur le front du berger fidèle
Selma dépose un doux baiser ;
Et puis, rougit la jouvencelle,
Du transport qu'il vient de causer.
« Par ce baiser, de ma constance
» Je suis payé, dit le pastour ;
» Mais, pour doubler ma récompense,
» Ah, Selma ! peins-moi ton amour.

» Si dans une île abandonnée,
» Je devais terminer mes jours,
» Loin de la terre fortunée
» Berceau de nos premiers amours,
» Cette solitude profonde
» N'aurait rien de fâcheux pour moi,
» Et j'y trouverais tout le monde,
» Ervin, si j'étais près de toi. »

Edouard était transporté : dans
son enthousiasme, il eût sans doute
trahi, devant la petite societé, le
secret de son cœur, s'il n'eût été

rappelé à lui-même par une voix douce et sonore qui sortait de la pièce voisine.

« C'est bien, mes enfans, disait la voix : amusez-vous ; le plaisir est aussi un commandement de Dieu. » « Ah! soyez le bien venu, père Jacob, » s'écria Gertrude. Mathilde et Brigitte en dirent autant. « Asseyez-vous près de nous, continua la veuve, nous parlions tout-à-l'heure de vous. Que n'êtes-vous venu une heure plutôt! » « La visite d'un étranger m'a retenu, » dit l'ermite. Pendant qu'il parlait, Mathilde remplit une tasse de cidre, qu'elle lui présenta avec un trouble visible ; car le père l'avait fixée, ainsi que son voisin Edouard, d'un regard scrutateur qui émut fortement le cœur de la jeune fille. Gertrude lui épargna toutes les questions qu'il eût pu faire, en lui disant : « Ce cher jeune homme a sauvé hier notre bonne Mathilde, qui était sur le point de se noyer. »

Jacob. Dieu vous conserve, jeune homme ; vous avez fait là une bonne œuvre.

Edouard. Pour laquelle je suis récompensé depuis long-temps.

Jacob. Etes-vous de ces environs.

Edouard. J'y demeure depuis quelques jours, mon révérend père. Si, en sortant, vous daignez m'accorder un entretien particulier, j'espère qu'alors vous me connaîtrez mieux.

Le père Jacob le comprit et fit tomber la conversation sur des objets indifférens. Le bon ermite affecta une sérénité dont son ame était bien loin. L'étranger dont il avait parlé d'abord était Arthur lui-même. Dunbar, instruit qu'il avait acheté des

chevaux à l'époque de la fuite de
Mathilde, avait voulu le faire arrêter
comme auteur de l'enlèvement. Le
curé, averti, avait fait évader son neveu qui sur-le-champ vint trouver
l'ermite pour prendre ses conseils. Le
père Jacob, en attendant mieux, le
cacha dans sa grotte, et pensant bien
qu'un voyage à la cour pouvait seul
sauver Mathilde, il résolut de le faire;
mais il voulut la voir encore une fois
pour ne pas lui laisser d'inquiétude
sur les causes de son absence.

Edouard saisit la première occasion qui se présenta pour lui proposer une promenade dans le jardin.
« L'homme que Mathilde honore
comme son père, lui dit-il, mérite
toute ma confiance. Je suis le comte
d'Argyle, mais elle ne me connaît
pas; j'ai craint que mon rang ne me
rendît plus difficile la conquête d'un

cœur comme le sien, et.... qu'ai-je
besoin de vous le cacher, je sens que
de la possessionde son cœur dépend
tout le bonheur de ma vie. » « Et
que pensez-vous, Mylord, lui dit
l'ermite en l'interrompant, que pensez-vous que puisse être pour vous
une simple bergère? »

Edouard. Ma femme. Je pourrais
vous avouer que je ne prends pas
Mathilde pour une bergère, et que,
vraisemblablement, révérend père,
vous savez mieux que personne que
je ne me trompe pas. Mais quand
elle serait princesse, elle ne pourrait
avoir plus de prix à mes yeux que
n'en a la bergère; je l'aimerais peut-
être moins, puisque j'aurais le regret de ne pouvoir plus l'élever au-
dessus de son rang.

Jacob (en souriant). Cela est
beau, cela est admirable, Mylord ;

mais qui m'assurera, qui assurera Mathilde de la durée de ces sentimens?

Edouard. Mon cœur, que le plus
digne des hommes a formé à la vertu, et qu'il a rempli d'un saint respect pour l'innocence. Ah! révérend
père, si vous aviez connu cet homme estimable!

Jacob. Quel était-il?

Edouard. Un ami de Dieu, l'é-
vêque Alfred de Saint-André.

Ici le père Jacob se précipita dans
les bras d'Edouard. Mylord, il a
aussi été mon premier bienfaiteur;
permettez-moi de bénir en vous son
ouvrage. L'élève de mon Alfred ne
peut être qu'un Nathanaël, incapable
d'une fausseté. Tous mes doutes sont
levés, Mylord, Mathilde ne pourrait
qu'être heureuse avec vous, mais....

Edouard. Je vous comprends,
bon père, le roi étant mon tuteur,

vous pensez que ma famille et lui
s'opposeraient à cette union. C'est
précisément cette idée qui m'accable
et qui m'a lié la langue jusqu'à ce
jour; mais ma résolution est prise,
si je ne puis d'abord en obtenir la
permission de Mathilde, j'irai me jeter aux pieds du roi, bien que je sois
exilé, et le conjurer de ne pas s'op-
poser à mon bonheur.

Jacob. Comment, malgré votre
exil! avez-vous encouru la disgrâce
du roi?

Edouard. Oui et non; voici le
fait. Mon père, en mourant, m'avait
laissé un procès avec le comte Dunbar. Le roi voulut le terminer, et,
comme dans six mois je serai ma-
jeur, il voulut que j'assistasse à la négociation. On s'assembla au palais.
Le roi n'était pas encore arrivé.
Dunbar s'approcha de moi, et me dit

d'un air moqueur, mais assez haut
pour être entendu des arbitres :
« C'est bien dommage que vous
soyez si jeune, nous aurions pu décider nous-mêmes notre différent avec
la lance et l'épée. » Ces paroles m'ir-
ritèrent. « J'ai encore, lui répondis-
je, la lance et l'épée de mon père
qui ne vous sont pas inconnus. »
Mon père, en effet, l'avait vaincu
dans trois tournois. Les assistans se
prirent à rire. Dunbar me dit que
j'étais un jeune fat, et au moment
où je lui jetais mon gant, le roi
parut. Dunbard lui demanda satisfaction, et pour me punir de ma
vivacité, je fus envoyé pour un mois
sur mes terres. Dunbar quitta la cour
sans avoir rien terminé. Au moment
où je pris congé du roi, il me dit
avec sa bonté ordinaire : « Tu t'es
oublié, Edouard, et m'as forcé à te

punir. Tu ne sais pas quel beau plan
tu as dérangé. Dunbar a une nièce
qui est belle et bonne comme un
ange ; je voulais te la faire épouser;
cependant je n'en désespère pas encore. Dunbar est avare, et en cédant
les prétentions qu'il te dispute, tu
pourrais en être dédommagé dix fois
par la riche lady Douglas. Vous riez,
mon père ? n'était-ce pas en effet
compter un peu sans son hôte. »

Jacob. Assurément. On dit cependant que lady Douglas est aussi
aimable qu'elle est riche.

Edouard. Quand elle aurait toute
la beauté et tous les trésors du monde, la nièce de Dunbar et moi nous
ne serons jamais unis. J'ai dit cela
au roi, il s'en est fâché. « Va-t-en,
mauvaise tête, dit-il en me tournant
le dos, je n'ai pas de raison pour ré-
voquer l'ordre que j'ai donné. Je ne

connaissais pas encore Mathilde,
sans cela je lui aurais dit : Mon cœur
est donné pour la vie.

Jacob. Etes-vous sûr, Mylord,
qu'elle vous paye de retour?

Edouard. Peut-être ne lui suis-je
pas indifférent; mais je n'ai encore
osé rien faire pour pénétrer ses sentimens. Elle vous regarde comme son
père; elle n'aura rien de caché pour
vous, daignez l'interroger. Veuillez
seulement ne pas l'instruire de mon
rang. Si elle consent à mon bonheur,
je me réserve l'inappréciable plaisir
de lui apprendre, le jour des noces,
qu'elle est comtesse d'Argyle.

Le père Jacob accepta la commission; la confiance d'Edouard le confirma dans l'opinion qu'il avait prise
de son honnêteté. Si son cœur n'é-
tait pas pur, se disait-il, et neuf en
pareille matière, il ne cacherait pas

sa naissance et ne choisirait pas un
ermite pour son confident. Il ne négli
gerait pas les moyens d'éblouir son
amante par ses trésors et de l'attaquer
par tous les moyens de séduction
qu'il possède. Il remercia la providence qui, au moment où Mathilde
était menacée de tomber entre les
mains de son persécuteur, lui en-
voyait un protecteur en état de la
défendre. Son imagination devan-
çant les événemens, jouissait déjà de
la douce surprise de Mathilde, trou-
vant dans le modeste Edouard le pa-
rent du roi, et de l'ivresse d'Edouard
reconnaissant dans sa bergère l'illustre héritière qu'il avait refusée. L'âme
pleine de ces agréables pensées, le
père Jacob quitta l'amoureux jeune
homme, impatient d'apprendre un secret qu'une jeune fille laisse si aisément deviner.

Le bon ermite trouva Mathilde
assise sur un banc de gazon; elle
rougit en l'apercevant; la pauvre
enfant croyait qu'on lisait sur son
visage l'inquiétude où l'avait jeté le
le long entretien du jardin. Le père
Jacob feignit de ne rien remarquer
de son trouble. « J'ai appris ce matin,
lui dit-il en s'asseyant auprès d'elle,
que Malcolm continue à faire les recherches les plus rigoureuses sur vô-
tre fuite. Il est donc important de
prévenir les suites que cette décou-
verte pourrait entraîner, et je ne
connais qu'un seul moyen pour vous
soustraire à sa vengeance. Vous
m'aviez dit, ma fille, que vous étiez
connue du roi; il me connaît aussi,
j'ai été autrefois son frère d'armes,
et quoique depuis long-temps je me
sois caché à ses yeux comme au reste
du monde, il me remettra cependant

dès que je lui aurai dit mon nom. Je
vais le trouver, et lui demander sa protection pour vous. Ma démarche ne
sera pas infructueuse. Robert est juste
et sage. Malcolm ne réussira pas à
le tromper. En attendant, ma fille,
continuez à vous tenir cachée. Dans
huit jours je serai de retour, et, avant
de vous quitter, je vous recomman-
derai aux soins du noble jeune homme qui vous aime. »

A ces mots le visage de Mathilde
se couvrit d'un incarnat plus vif.
« Ne rougissez pas, aimable Mathilde, continua le vieillard. Ce n'est pas
un crime d'aimer. Heureux le jeune
homme et la jeune fille dont le premier choix tombe sur un objet vertueux ; cette tendresse devient alors
leur ange gardien. Je vous dispense
de m'avouer votre amour, il n'a pas
échappé aux regards de l'amitié ; ou

bien me serais-je trompé? » Mathilde
reprit courage. « Que vous dirais-je,
bon père? Edouard.... » Ici elle s'arrêta. « Ne vous est pas indifférent.
Vous vous réjouissez quand vous le
voyez; votre cœur est satisfait de ce
qu'il vous préfère à votre amie; vous
souhaitez lui devoir votre bonheur
et faire le sien. Ai-je bien deviné?
— Si c'est là de l'amour, alors.....
vous acheverez bien vous-même ma
réponse.— C'est bien, mon enfant,
dit l'hermite en prenant ses deux
mains dans les siennes et en la regardant avec la tendresse d'un père :
Que Dieu bénisse ton amour! une
voix intérieure me dit qu'il le protégera. Il est vrai, continua-t-il, que
votre bonheur ne dépend ni de toi
ni de moi; peut-être que ton amant
ne conviendra pas à tes parens. »
Mathilde pâlit. « Mon plus proche

est Malcolm, et j'espère qu'il ne sera
pas l'arbitre de mon sort ; et quand
l'état d'Edouard serait au-dessous du
mien, ne suis-je pas à ses yeux une
pauvre bergère qu'il veut élever jusqu'à lui?—Assurément, chère fille, et
d'ailleurs il est noble, je le sais, et je
sais aussi que le roi ne t'abandonnera
pas aux violences de ton oncle. Mais
il se fait tard ; portez-vous bien,
chère Miss ; je répondrai à mon retour à toutes les questions que vous
pourriez avoir encore à me faire. »

Mathilde voulait en effet lui adresser d'autres questions qui intéres-
saient son cœur ; mais le père Jacob
alla rejoindre la société pour en
prendre congé. Edouard lui proposa
de l'accompagner ; et comme la figure du vieillard ne lui annonçait
rien que d'agréable, il quitta Gréen-
dal avec une satisfaction qui étonna

d'autant moins Mathilde, qu'elle en pouvait deviner la cause. Il n'accorda pas à l'ermite beaucoup de temps pour se préparer à ce qu'il avait à lui dire. Dès qu'il eut perdu de vue la ferme ou plutôt Mathilde, il lui dit : « Eh bien ! révérend père, n'avez-vous rien à m'apprendre ? »

Jacob. Pas grand'chose.

Edouard. Pas grand'chose ! Dieu puissant ! je n'ose donc...

Jacob. Espérez : voilà, Milord, tout ce que j'ai à vous dire.

Edouard. C'est beaucoup, beaucoup ; ce seul mot renferme tout le bonheur de ma vie. Ah ! permettez, digne vieillard, que je vous serre dans mes bras, et daignez vous expliquer plus clairement.

Jacob. Mathilde ne connaît pas encore l'amour ; mais ce qu'elle sent pour vous, c'est de l'amour. C'est

avec sensibilité qu'elle chérit la main
généreuse qui veut l'élever au-dessus de son état de bergère. Cependant elle craint...

Edouard. Que craint-elle? qui craint-
elle? je saurai défendre mon choix
contre tous. Le roi même ne le désap-
prouvera pas quand il verra Mathilde.

Jacob. Je le crois comme vous;
mais si elle doit vous appartenir, il
faudra qu'il y consente avant de
l'avoir vue.

Edouard. Je vous ai déjà dit que
j'ai le projet de m'aller jeter à ses
pieds, et demain...... non, demain
j'irai voir Mathilde; mais après-demain, dès le point du jour, je me
mettrai en chemin.

Jacob. Il vous a exilé sur vos
terres; si vous les quittez sans sa
permission, cette désobéissance l'in-
disposera certainement contre vous.

Au reste je pourrai peut-être lever
cette difficulté. Une nouvelle importante que je reçois aujourd'hui, et
qui intéresse le roi, me force à me
rendre demain à Edimbourg. Robert
me connaît; je puis même dire qu'il
m'estimait autrefois, et que, depuis,
je ne me suis pas rendu indigne de sa
bienveillance. Il faut que je lui parle,
et, si vous voulez, Milord, je m'engage à obtenir de lui votre retour,
et peut-être quelque chose de plus.
D'ici à huit jours, j'espère terminer
heureusement mes affaires et les
vôtres; ce temps est court, et la
présence de Mathilde vous le rendra
encore moins long.

Edouard accepta avec reconnaissance la proposition du père Jacob;
et, depuis qu'il existait des ermites
en Ecosse, il n'y en eut jamais un qui
eut été embrassé d'aussi bon cœur que

celui-ci, au moment où ils se séparè-
rent.

Les rêves les plus agréables vinrent
enivrer le cœur et caresser l'imagination d'Édouard ; et quoiqu'il ne
dormît pas, la nuit lui parut s'écouler avec rapidité. Tantôt, à côté de
Mathilde, il essayait de lui peindre
les sentimens de son cœur, cherchait
des expressions, n'en trouvait pas,
et rassemblait toutes ses sensations
dans un serrement de mains. Tantôt
il se jetait aux pieds du roi, et le
conjurait d'approuver son amour. Il
conduisait le prince dans la prairie,
vers Mathilde, et lui disait : « Voilà,
sire, voilà la fille céleste à qui j'ai
pour toujours donné mon cœur :
avez-vous jamais vu réunies plus
d'innocence et de beauté ? Où est la
femme de votre cour qui puisse
être comparée à Mathilde ? » Une

autrefois il était assis à ses côtés ,
dans le château de ses pères :
« Voyez , disait-il au peuple qui
s'empressait autour d'eux , voyez la
compagne de ma vie ; ce n'est pas
moi, ce sont ses vertus qui l'ont
rendue votre maîtresse. »

C'est au milieu des doux rêves de
son imagination , qu'il quitta son lit
pour aller se promener dans les
allées ombragées de son parc ; et
quand il rencontrait quelqu'un de
ses gens , il le saluait plus amicalement encore qu'à l'ordinaire. Il
avait l'air de lui dire : « Ne vois-tu
pas que je suis le plus heureux des
hommes ? je veux que tout le monde
partage mon bonheur. A table, il se
rappela le dîner de la veille : chaque
scène de ce beau jour se retraçait à
son cœur. Il ne parlait pas, ne demandait, ne refusait rien. Personne, pas

même sa noùrrice, femme du fores-
tier, qui, depuis son arrivée, mangeait
toujours avec lui, n'eut le courage
d'interrompre ses muets soliloques.

Enfin, impatient de revoir l'objet
de ses tendres pensées, il quitte le
château pour se rendre à la prairie
où Mathilde faisait paître son troupeau. Une distance que lui seul pouvait franchir dans une heure de temps
le séparait de son amante. Mais il ne
fit pas attention à l'extrême chaleur
du jour; Mathilde n'était-elle pas
exposée à la même chaleur? Il l'a-
perçut de loin : elle était toute pensive auprès d'un banc de sable qui
s'était formé sur les bords du ruisseau.
Ses yeux étaient fixés sur la terre, et
elle paraissait remuer le sable avec sa
houlette. Edouard s'avança près d'elle
avec tant de légèreté qu'il eut le
temps de voir par-dessus ses épaules

avant qu'elle s'aperçût de son arrivée.
Qui pourrait peindre les transports
de son âme en la voyant avec sa houlette écrire sur le sable le nom d'E-
douard !

« Ah! Mathilde ! » s'écria-t-il; et la
surprise de Mathilde fut telle qu'elle
se renversa dans ses bras; leurs joues
se rencontrèrent. »Fille divine! dit-il
en la serrant contre son cœur; mais
n'oublie pas, Edouard, que tu as un
ange dans tes bras. »

Il recula plein d'amour et de respect, prit et baisa la main de Mathilde
comme on baise la main d'une
princesse adorée. « Ah ! dit-il,
pourquoi ne puis-je les emporter ces
heureux caractères qui me présagent
tant de félicité! Oui, Mathilde, ce
cœur te chérit, il te chérira éternel-
lement, et il espère..... » Mathilde
était déjà remise du trouble que lui

avait causé la subite apparition d'E-
douard. Elle ne le redoutait pas; il
était à ses pieds prosterné comme
devant la divinité, et son âme qui
venait de se montrer tout entière ne
laissait à Mathilde aucun doute sur
la pureté de ses vœux : « Edouard,
lui dit-elle, et ses yeux exprimaient
cette tendresse et cet abandon qu'A-
dam, en s'éveillant, lut dans les yeux
de la créature que Dieu venait de lui
donner pour compagne; Edouard,
je viens de laisser échapper mon secret, je n'en suis pas fâchée. Oui, je
t'aime, et si je ne puis être à toi...—
Eh! pourquoi pas? lui dit vivement
son amant transporté; tu le peux, tu
le dois, tu le seras. J'ai chargé le
père Jacob de parler à mon tuteur;
lui faudra-t-il autre chose que de lui
peindre Mathilde pour le faire consentir à mon bonheur? » Mathilde

sourit et se tut : elle se rappela l'aveu qu'elle avait fait à l'ermite ; ils passèrent toute la soirée à causer familièrement, et plusieurs fois Edouard eut envie de quitter l'incognito ; mais l'idée seule que le bon vieillard voulait être présent à cette intéressante scène les eût déterminés tous les deux à garder leur secret, s'ils ne s'étaient déjà réservé réciproquement cette douce surprise pour le jour qui devait couronner leur tendresse mutuelle.

Mathilde rentra si joyeuse à la maison que Brigitte lut dans ses yeux une grande partie de la vérité ; sa bouche la lui confirma quand elles furent seules ; la confidence ne fut pourtant pas complette. Une jeune fille, fût-elle une Agnès, apprend de l'amour même la discrétion, et cette prudente demi-sœur de la pudeur ne laisse pas de lui mettre un doigt sur

les lèvres. Toutes deux se réjouirent
de l'aimable perspective que leur offrait l'avenir ; et dans les projets que
formait son cœur, Mathilde n'oublia
pas l'amie avec laquelle elle avait
passé la moitié de sa vie. On souhaita au père Jacob les ailes de Gabriel ; on mesura ses journées, et on
calcula qu'il ne pouvait pas être de
retour avant la fin de la semaine. En
attendant on rêvait toute la nuit de
son retour ; et le lendemain, en s'é-
veillant, on se racontait les bonnes
nouvelles qu'il avait apportées.

Edouard l'attendait avec non moins
d'impatience ; tous les jours il allait
voir Mathilde au lieu où paissait son
troupeau. Tantôt il la trouvait assise
sous l'arbre où, pour la première fois,
il l'avait vue endormie, et qu'elle
avait entourée d'une guirlande de
fleurs champêtres ; tantôt au bord du

ruisseau où elle avait écrit le nom de
son amant, nom qu'elle venait de
lier encore au sien. Chaque jour ils
se répétaient ce qu'ils s'étaient déjà
dit, et chaque fois ils croyaient se dire
quelque chose de nouveau. Toujours
le soleil se levait trop tard et se cou-
chait trop tôt pour eux ; leurs cœurs
s'unissaient tous les jours plus étroite-
ment, ou, pour mieux dire, ils sen-
taient tous les jours davantage com-
bien l'existence de l'un était nécessaire à celle de l'autre. La céleste
innocence les couvrait de ses ailes,
et les génies d'Alfred et de Mathilde
jetaient du haut du ciel un sourire
de bénédiction sur leurs plus chers
favoris.

Le quatrième jours après le départ
de l'ermite se trouvait un jour de
fête. Edouard s'invita de nouveau à
à dîner chez Mistriss Gertrude, et

fournit presque seul le régal de ce jour. Il avait apporté une bouteille de Malvoisie pour faire pendant avec le cidre du cher défunt Thomas ; et cette fois Mathilde n'oublia pas le panier aux prunes, pour éviter à Baby la peine de les porter. A la fin d'un dîner fort gai, un chasseur vint demander Edouard, qui sortit un moment, puis rentra de suite avec une harpe. « Brigitte a dit, dimanche dernier, que vous pinciez de la harpe, dit-il en la présentant à Mathilde ; j'espère que vous ne la démentirez pas. » Il ne fut pas nécessaire de la prier deux fois. Elle était trop heureuse, son cœur était trop plein pour ne pas saisir cette nouvelle occasion d'être agréable à son amant. Elle joua l'air de la romance qu'elle avait chantée le jour où il dîna chez Gertrude, et la voix d'E-

douard, en l'accompagnant, compléta l'harmonie de ce concert champêtre. Dame Gertrude était transportée ; Baby dansait dans la chambre, et Brigitte, silencieuse, pensait
à son Arthur qu'elle n'avait pas vu
depuis long-temps. Mathilde joua et
chanta quelques - uns des chants
d'Ossian, son poète favori. Edouard
les connaissait, il en sentait tout le
mérite ; et, dans le ravissement de
son âme, il partageait ses hommages
entre la muse divine du barde, et les
talens enchanteurs de sa maîtresse.

Il était déjà nuit lorsqu'il quitta
la ferme. Au milieu du bois, et vers
la croix que fait le chemin qui conduisait à l'ermitage, il entendit le
son de plusieurs voix accompagnées
d'un cliquetis d'épées. Il doubla le
pas, quoiqu'il ne fût armé que de
son javelot de chasse qui lui servait

de canne dans ses courses. L'obscurité n'était pas telle qu'elle pût l'empêcher de distinguer le figure d'un
homme qui, appuyé contre un arbre,
se défendait contre deux scélérats
qui l'assaillaient à coups d'épée.
« Courage, ami ! cria-t-il en courant
vers eux et en élevant son javelot, il
vous vient du secours. » A peine avait-
il parlé que les coquins s'étaient déjà
enfuis dans le plus épais du bois, et
l'homme qu'il avait sauvé était à ses
pieds. Edouard, sans s'occuper des
premiers, releva l'étranger, et lui
demanda s'il était blessé ? « Non,
ou si je le suis, je ne le sens pas ;
mais, un moment plus tard.... Que
Dieu bénisse l'ange tutélaire que
le ciel a envoyé à mon secours. »
Edouard le prit par le bras. « Nous
ne devons pas, dit-il, nous arrêter
ici, venez chez moi ; là vous pourrez

vous remettre de la frayeur que vous avez dû éprouver, et vous reposer cette nuit. » L'étranger le suivit en serrant le bras de son libérateur. Comme ils étaient encore à une demi-heure de marche du château, Edouard sentit quelque chose de chaud lui couler sur la main. « Dieu, dit-il, vous êtes blessé ! Je crois qu'oui, dit l'étranger, je sens quelque douleur à l'épaule ; ce ne doit pas être grand'chose, car ils visaient toujours à ma tête. » Edouard ouvrit son habit, et plaça son mouchoir à l'endroit d'où coulait le sang. Ils continuèrent ensuite leur route, et arrivèrent au château sans autre accident. Edouard fit visiter la blessure par un de ses gens qui était un peu chirurgien. Elle était en effet très-légère, et le blessé n'avait besoin que de repos.

Le lendemain matin Edouard attendait le réveil de son hôte pour en
avoir des nouvelles, lorsqu'un gentilhomme du roi arriva au château,
avec ordre de le suivre sur-le-champ
à la cour. Il lui remit en même temps
une lettre du père Jacob, qui lui
mandait qu'il avait rencontré le roi
en chemin, et qu'il en avait obtenu
une audience très-favorable. « Robert, était-il dit dans la lettre, connaît à présent votre Mathilde aussi-
bien que moi, et vous pouvez tout
vous promettre de sa bonté; mais
que votre départ ne soit pas retardé
d'un instant; chaque moment est
précieux. »

Dans une heure je suis prêt, dit
Edouard, tremblant de joie, à l'envoyé du prince. Il lui fit servir à déjeuner, et sortit pour ordonner les
apprêts de son départ. moins préci-

Quelques minutes après, cependant,
il imagina qu'il ferait bien d'aller porter lui-même cette nouvelle à Mathilde. Il rentra donc, et, s'adressant de
nouveau à l'envoyé : « Ami, lui dit-
il, j'ai encore une petite course à
faire dans le voisinage ; mais avant
que vous ayez eu le temps de vous
rafraîchir, je serai de retour.—Vous
voulez sans doute aller à Green-dale,
Mylord ? cette course serait inutile.
J'ai, la nuit dernière, de l'auberge
où je me suis arrêté, expédié pour
cet endroit un exprès avec une lettre
du père Jacob. Ainsi, soyez tran-
quille, et ne retardez pas votre départ ; le roi est impatient de vous
voir arriver. » Cette nouvelle, et l'impatience du roi, mirent un frein à
celle d'Edouard, ainsi que Hamilton
l'avait calculé et prévu. « Eh bien !
dit-il, j'obéis. » Il se rendit un peu

pitamment à l'écurie, choisit son meilleur coursier, et nomma le petit nombre de gens qui devaient l'accompagner. De son côté le père Jacob n'avait mandé à Mathilde que son heureuse arrivée, et l'espoir qu'il avait de lui annoncer, sous peu de jours, de bonnes nouvelles. Il avait pris des mesures pour qu'elle ne reçût cette lettre qu'après le départ de son amant.

Tout occupé de Mathilde et de son voyage, Edouard avait d'abord oublié son hôte; mais il se le rappela une demi-heure après, et voulut, avant son départ, le voir et prendre congé de lui. Il le trouva assis sur son lit; sa blessure paraissait fermée, et toutes les traces de la frayeur de la veille avaient été effacées par le repos de la nuit. « Ne soyez pas surpris, lui dit-il après l'avoir salué, si vous me

12

voyez prêt à partir. Un ordre inat-
tendu du roi m'appelle promptement
à Edimbourg ; mais mon absence ne
doit pas vous empêcher de rester ici
jusqu'à votre entière guérison , et
d'user de ma maison comme d'un
asile où tout est à votre disposition.»
L'étranger remercia son aimable hôte
avec cette sensibilité que l'on n'é-
prouve que pour les bienfaits désin-
téressés. Edouard lui tendit la main,
que celui-ci garda quelques instans
dans les siennes , et la mouilla de
ses larmes. Elles touchèrent le cœur
du jeune comte. « Oserai-je , lui dit-
il en portant sur lui un regard plein
de bienveillance, demander le nom
de mon hôte ? — « Je suis un mar-
chand voyageur , répondit celui-ci,
et je voulais aller , hier au soir, à
une ferme voisine où j'ai des parentes. Mon chemin me conduisit à tra-

vers le bois où je fus attaqué par des voleurs, et sauvé par le plus noble, le plus généreux des hommes. »

Edouard. Vous avez des parentes dans le voisinage ? Comment s'appelle la ferme ?

L'Etranger. Greend-dale, Mylord.

Edouard (vivement). Green-dale ? Et vos parentes ?

L'Etranger. La fermière, Gertrude et.....

Edouard. Et qui encore ?

L'Etranger (un peu troublé). Brigitte et Mathilde Harold.

Edouard. Mathilde Harold! Dieu! seriez-vous par hasard....

L'Etranger. Arthur Harold.

Edouard (l'embrassant). Le frère de Mathilde ! soyez le bien venu ; elle m'a parlé plus d'une fois de son frère Arthur.

Arthur. Elle, Mylord?

Edouard (en souriant). Oui, elle. Je crois bien que ceci est une énigme pour nous; mais c'est elle-même qui vous l'expliquera. Il faut cependant que vous me promettiez une chose.

Arthur. Et quoi, Mylord?

Edouard. Que vous lui laissiez ignorer que vous me connaissez.

Arthur. Sur mon honneur, Mylord.

Edouard. Moi-même je ne suis connu d'elle que sous le nom d'Edouard; mais bientôt mon véritable nom lui sera connu, et deviendra aussi le sien.

Arthur (avec surprise). Est-il possible, Mylord?

Edouard. Cela est possible, mon cher; et pour que cela soit réellement, je me rends à Edimbourg.

Le pas des chevaux que l'on conduisait dans la cour le fit approcher de la fenêtre. L'envoyé du roi, qui l'y aperçut, l'appela pour l'avertir que tout était prêt pour le départ. Edouard retourna vers Arthur : « On m'appelle, lui dit-il; adieu. Quand nous nous reverrons, je serai votre frère ».

Il partit, et laissa Arthur dans un étonnement qui lui ravit toutes ses facultés. Enfin il sortit de son rêve. Sans doute, dit-il, il s'est passé des choses bien surprenantes à Greendale; mais qu'ai-je besoin de me creuser la tête pour les deviner? ma Brigitte me contera tout. Pendant qu'il se parlait ainsi à lui-même, le chirurgien entra dans sa chambre. Il trouva la blessure en bon état ; mais elle venait de se rouvrir de nouveau par suite ou de l'embrassement d'Edouard, ou de l'émotion que lui avait fait éprouver la scène qui s'était pas-

sée au moment de son départ. Il
avait même le pouls un peu agité,
et son Esculape lui intima l'ordre de
rester toute la journée dans son lit.
Arthur voulut protester contre,
mais ce fut en vain, il fallut céder.
Le dernier ordre de mylord, en montant à cheval, a été : « Ayez bien
soin de l'étranger ; et, par Dieu,
je lui obéirai, et ne vous laisserai
point partir. »

Après cette déclaration positive
du chirurgien, Arthur ne jugea pas
à propos de faire de nouvelles ob-
jections, quelque peine qu'il eût à
se priver encore vingt-quatre heures
des éclaircissemens de Mathilde et
des embrassemens de Brigitte.

Les voleurs qui l'avaient attaqué
n'étaient autres que des agens sala-
riés par Dunbar ; instruits qu'on l'a-
vait déjà vu plusieurs fois aux envi-

rons de Green-dale, ils étaient en route pour s'y rendre, lorsqu'ils le rencontrèrent, et l'auraient, sans le secours d'Edouard, immolé à la vengeance du comte, dont l'inimitié était d'autant plus active que le poison de la jalousie s'y unissait. L'imprudence d'Arthur avait favorisé leur infâme dessein. La cellule de l'ermite était devenue pour lui une prison insupportable, et il avait cru pouvoir, sans conséquence, faire une course nocturne à la ferme, où il espérait oublier auprès de sa maîtresse ses ennuis et ses frayeurs.

Il était midi quand l'exprès d'Hamilton arriva à Green-dale avec sa lettre; Mathilde était encore à table. A cette heure Baby était dans l'usage de garder seule le troupeau. Brigitte lut tout le contenu de la lettre sur le visage de Mathilde. Quant

à mistriss Gertrude qui, depuis quelques jours, avait aperçu l'intelli-
gence qui régnait entre Edouard et
elle, mais qui ne la désapprou-
vait pas, parce que son conseil, le
père Jacob, avait l'air de l'approuver ; mistriss Gertrude voulut, dans
cette occasion, faire preuve de la
pénétration de son esprit. « Il paraît, dit - elle à Mathilde, qu'E-
douard vous apprend quelque nouvelle agréable? Ce n'est pas Edouard,
répondit-elle, mais le père Jacob
qui m'écrit. Le brave homme ! dit
Gertrude. Oh! si celui-là peut vous
rendre heureuse, il le fera certainement ; mais, à propos, je savais bien
que j'avais quelque chose à vous dire;
il est venu ce matin un étranger qui
a demandé votre frère. Je lui ai ré-
pondu qu'il y avait bien quinze jours
qu'il n'était venu voir ses sœurs. Ah!

ah ! a-t-il dit, ses sœurs sont donc
chez vous ? Oui, vraiment, ai-je
dit, les deux plus jeunes, Brigitte
et Mathilde. Cet homme alors s'en
est allé. » Mathilde pâlit à cette
nouvelle ; elle la rapprocha de celle
que l'ermite lui avait apprise dans sa
dernière conversation, et elle fut
obligée de se faire violence pour
cacher sa frayeur devant la babillarde fermière. Brigitte remarqua
son trouble ; et quoiqu'elle ne sût
pas encore qu'Arthur avait fui de
Woodhill, elle craignit cependant
les suites que pouvait avoir le caque-
tage de leur hôtesse.

Dès que les deux amies furent
seules, elles résolurent de ne pas
quitter la ferme jusqu'au retour de
l'ermite. Il ne fut pas difficile à Mathilde de trouver un prétexte plausible pour engager la fermière à la

dispenser pour quelques jours de la garde du troupeau. Baby la remplaça, et Brigitte lui recommanda d'envoyer Edouard à la ferme lorsqu'il viendrait à la prairie. Cependant le soir vint, et Edouard n'avait pas paru. L'inquiétude de Mathilde augmenta de moment en moment ; et lorsque la nuit arrivée lui ôta tout espoir de le voir, son âme resta en proie à la plus noire mélancolie.

Le troupeau était rentré, et les deux sœurs, se tenant par le bras, étaient assises devant la maison, lorsque l'arrivée d'un pélerin vint interrompre leurs pénibles réflexions. « Dieu soit avec vous, chères filles, leur dit-il. Un pauvre pélerin égaré oserait-il vous prier de lui accorder un gîte pour cette nuit ? » Les amies furent charmées de l'arrivée de cet étranger. Lorsque l'âme est préoc-

cupée de la crainte d'un danger,
tout être vivant qui se présente lui
est agréable. Elles le conduisirent à
la chambre, où la bonne Gertrude
l'accueillit, se faisant un honneur de
donner un gîte à un homme de Dieu
qui venait, à ce qu'il disait, de visiter
la Terre-Sainte. La table était mise ;
on lui offrit la place d'honneur, et
la dame Gertrude ne put ni boire ni
manger, tant elle goûtait de plaisir
à entendre les aventures extraordi-
naires qu'il racontait de Jérusalem,
du Calvaire et du Saint-Sépulcre.
Après le repas il dit les grâces avec
beaucoup d'onction, et distribua à
la société des découpures en bois
peint, et des reliques parmi lesquelles se distinguait un éclat de bois de
la vraie croix, que dame Gertrude
reçut avec une profonde génuflexion,
et qu'elle alla serrer dans son tiroir

avec son agnus. « Vous devez être
fatiguée, dit-elle alors au pélerin;
venez, suivez-moi ». Elle le conduisit dans une chambre voisine, et lui
désigna, pour y coucher, un lit
blanc comme la neige, dans lequel
aucun mortel n'avait reposé depuis
la maladie de son cher défunt Thomas. Bientôt après elle alla se coucher elle-même, et les deux amies
en firent autant.

Laissons les reposer, et retour-
nons à un autre ermite que nous
avons trop long-temps perdu de vue.
Le père Jacob avait rencontré le roi
à son château de plaisance. Cette circonstance avait abrégé son voyage
de toute une journée. Sa figure vénérable, plutôt que son habit, lui
obtint l'entretien particulier qu'il fit
demander au prince. « Sire, dit-il en
se jetant à ses genoux, je viens im-

plorer votre secours en faveur de
l'innocence persécutée. —« Vous n'a-
vez pas besoin de prière pour obtenir ce que vous désirez : défendre
l'innocence est mon devoir. Relevez-
vous, père, et parlez. »

Jacob. Mathilde Douglas que
vous connaissez, sire....

Le roi. Certainement je la connais; que lui est-il arrivé?

Jacob. Elle a été obligée de fuir
du château de son oncle Dunbar qui
ne lui avait laissé que la seule alter-
native de l'épouser ou d'entrer dans
un couvent. En ce moment elle est
cachée dans une ferme où elle ne
sera pas long-temps à l'abri des poursuites de son persécuteur.

Le roi. La pauvre chère fille! je
m'étais occupé de son établissement;
mais le comte d'Argyle, mon pupille,
avec qui je voulais la marier, a ren-

versé tous mes projets. L'étourdi ne
sait pas ce qu'il refuse.

Jacob. La providence elle-même
conduit à bien votre dessein paternel,
sire ; lord Argyle aime Mathilde sans
la connaître, et c'est pour vous demander sa main qu'il vous prie, par
mon organe, de vouloir bien le rappeler.

La joie et la surprise se peignirent
alternativement sur le visage de Robert ; et lorsque l'ermite lui eut raconté les amours champêtres d'E-
douard, « C'est un excellent jeune
homme, dit-il, et vous vous doutez
bien, j'espère, que je remplirai ses
vœux. Il est fort heureux pour lui
que sa bergère ne soit pas ce qu'elle
paraît être à ses yeux ; j'eurais été
obligé d'user de mon autorité pour
le guérir de sa fièvre romanesque. »
Après quelques momens de silence,

il continue : « Mais écoutez, mon père, il me vient une idée ; je veux à la fois le punir de son obstination et mettre sa constance à l'épreuve. Je vais faire cesser son exil, et dès qu'il sera arrivé ici, je renouvellerai mes intances en faveur de la jeune Douglas. Il persistera dans son refus et voudra rester fidèle à sa bergère ; et alors...... Mais ce seront les circonstances qui régleront ma conduite. Il faut s'occuper avant tout de faire arriver ici Mathilde sans qu'il le sache, et sous une escorte sûre. Ce que je ferai exécuter dès demain à mon arrivée à Edimbourg. »

Jacob. Le moindre délai, sire, peut lui devenir funeste. Si vous daignez me charger de vos ordres, je m'engage à l'amener saine et sauve à votre cour.

Ici Robert jeta sur l'ermite un re-

gard de surprise qui semblait lui dire :
Vous extravaguez sans doute , bon
vieillard. — « N'est il pas vrai, sire,
que ma proposition vous paraît une
folie, ou du moins une témérité?
mais celui qui a porté la lance et
l'épée à côté de Robert, saura bien
encore être l'écuyer d'une jeune
fille. »

Le roi (surpris). La lance et l'é-
pée!.... et quand cela?

Jacob. Vous vous rappellerez bien
encore James Hamilton, dans les bras
duquel mourut le père de Mathilde?
cet Hamilton , c'est le père Jacob.

Le roi. Eh, oui vraiment, c'est
lui-même, c'est sa voix, ce sont ses
traits. Robert le serra dans ses bras
comme on sert un vieil ami que l'on
croyait perdu et que l'on retrouve.
Hamilton lui raconta brièvement
que, fatigué du monde, il l'avait

quitté depuis quatorze ans, et avait.
vécu comme ermite. Mais, dit-il, lorsqu'il se présente une occasion où
Hamilton peut mieux servir Dieu et
l'humanité sous le casque que sous le
froc, il cesse d'être le père Jacob, et
il endosse une cuirasse; j'espère
qu'ici il n'en manque pas.

Le roi. Bien, mon vieil ami; je le
vois, le guerrier n'oublie jamais son
métier, pas même dans une cellule.
Mon magasin d'armes et mes écuries
sont à vos ordres. Je vous donnerai,
pour vous accompagner, deux é-
cuyers et deux valets avec des chevaux de main, car sans doute Mathilde ne voudra pas se séparer de sa
compagne. Cependant je désirerais
vous voir dans votre nouveau costume avant votre départ. J'enverrai à
Edouard un gentilhomme qui l'a-
mènera, par un autre chemin, à

Edimbourg où j'arriverai demain.

Hamilton prit congé du roi, et, quelques heures après, il se fit annoncer de nouveau sous son véritable nom. Robert l'attendait dans une salle séparée ; il le reçut à bras ouverts, et, après l'avoir regardé attentivement : « C'est à présent, lui dit-il, que je vous reconnais tout-à-fait ; votre longue barbe ne cache plus la belle cicatrice de la blessure que vous reçûtes en combattant à mes côtés. Mais, pour ne pas l'oublier, les ermites ne portent pas d'argent sur eux. Voilà ma bourse. — Je vous remercie, sire, répondit Hamilton ; le père Jacob ne s'est pas dépouillé de tous les biens de ce monde ; ses revenus sont consacrés à faire de bonnes œuvres, et vous lui fournissez aujourd'hui l'occasion de faire la meilleure qu'il ait pu faire

depuis quatorze ans. — Eh bien,
donc, je vous souhaite un heureux
voyage, lui dit Robert; et venez me
trouver dès que vous serez de retour ».

Hamilton quitta le château. L'activité de son âme et un pressenti-
ment secret qui s'était emparé de
son cœur, ne lui permirent de prendre d'autre repos que celui dont les
chevaux avaient absolument besoin.
Dès la seconde nuit, il arriva près
de la ferme avec sa suite. Il laissa à
quelque distance les valets avec les
chevaux de main, puis s'avança,
suivi des deux écuyers, vers la porte
de la ferme qni était fermée. Au
même moment on ouvrit doucement
cette porte, et un homme, que
l'obscurité ne permettait pas de distinguer, en sortit précipitamment

en disant : *Vous faites bien d'arri-*
ver, Dick, les oiseaux sont dans
le nid, nous n'avons qu'à les pren-
dre ; mais allons doucement pour
ne pas réveiller les valets ; le chien
de garde est mort. « C'est bon, j'en
remercie Dieu, » dit à demi-voix
Hamilton, mais dans un tout autre
sens que l'entendait le faux pélerin;
« viens tenir mon cheval. » A peine
le drôle s'était-il approché, que le
lord sauta à bas de cheval, et le prenant au collet : « Arrivez, mes amis,
cria-t-il à ses compagnons; emparez
vous de ce coquin. » Les écuyers
accoururent, et le scélérat effrayé fut
sans peine arrêté et garrotté. « Gar-
dez-le jusqu'à ce que je revienne,
dit Hamilton ; vous m'en répondrez
sur vos têtes. »

Alors il entra, l'épée à la main,

dans la maison. Il fit exprès assez de bruit pour éveiller Gertrude qui dormait profondément.

« Qui est là ? s'écria-t-elle en s'éveillant en sursaut. — Le père Jacob. Vite, brave femme, levez-vous, et procurez-vous de la lumière. — Eh ! bon dieu, révérend père, d'où venez-vous si tard ? demanda Gertrude en sautant hors de son lit. — Vous saurez tout ; mais dépêchez-vous. » Pour trouver ses habits et allumer la lampe, il lui fallut au moins deux fois autant de temps que si elle ne se fût pas pressée. Mais dès qu'elle vit clair, « Sainte mère de Dieu ! s'écria-t-elle à la vue d'un homme armé de pied en cap ; au secours ! au secours ! » Elle laissa tomber sa lampe, et tomba elle-même presque sans connaissance sur un banc.

Lord Hamilton s'aperçut seule-

ment alors que son changement de
costume avait causé l'erreur et la
frayeur de Gertrude. Il alla à elle,
et la secouant par le bras, « Ne vous
effrayez pas, chère femme, lui dit-
il, vous saurez tout-à-l'heure pourquoi le père Jacob paraît à vos yeux
sous le costume de chevalier. Où est
Mathilde ? — Eh ! là , dans la chambre voisine. Ah dieu ! qu'est-ce que
tout cela? Oh! pardonnez-moi, révérend père , je croyais que c'était
un voleur. »

Hamilton. Un voleur ! oh ! le
véritable voleur était avant moi dans
votre maison ; ce n'était même pas
un voleur ordinaire. Vous le verrez
bientôt.

Gertrude tremblait de tous ses
membres ; et pendant qu'elle rallu-
mait sa lampe en recommandant
son âme à Dieu, Mathilde et Bri-

gitte eurent le temps de s'habiller.

Quoiqu'elles reconnussent la voix du père Jacob, et qu'elles attendissent même son retour avec impatience, elles reculèrent cependant de surprise en lui voyant un casque et une cuirasse. Il alla au devant de Mathilde, et la prenant par la main, « Je viens, ma fille, lui dit-il, par ordre du roi, vous chercher pour vous conduire à Edimbourg, où son épouse vous attend. » Mathilde se jeta dans les bras du chevalier, Brigitte frappait dans ses mains en pleurant de joie, et Gertrude ressemblait parfaitement à la femme de Loth. « Sainte Vierge ! s'écria-t-elle, dois-je survivre à tant de miracles ! ma cousine Mathilde doit aller trouver la reine ! » Vous en verrez encore bien d'autres, dit Hamilton, mais avant tout, allez éveiller vos gens pour qu'ils ayent soin de nos chevaux ; il est temps que je fasse entrer mon escorte.

Il laissa Mathilde dans les bras de son amie , et quelques minutes après sa suite entra dans la cour. Les deux amies furent d'abord attirées dehors par une curiosité à laquelle succéda l'effroi, lorsqu'elles virent entre les deux écuyers le faux pélerin qui marchait les mains liées et la tête baissée. Mistriss Gertrude ne cessa de se signer , lorsqu'Hamilton lui dit que c'était le voleur qui s'était introduit chez elle sous ce costume. « Le scélérat , ajouta-t-il , n'évitera pas la punition qu'il mérite. »

Ici le prisonnier retrouva la parole. Il cria miséricorde , et demanda au chevalier un entretien secret. Je sais déjà ce que tu veux me dire, lui répondit Hamilton. Qu'on l'en-

ferme dans la grange, qu'on lui lie
aussi les pieds, et que les valets le
gardent tour-à-tour. Sur les suppli-
cations réitérées de ce coquin, Hamilton se rendit bientôt après dans
la grange. « Tu viens de Woodhill,
n'est-il pas vrai ? Tu vois que je n'i-
gnore pas vos abominables projets
ni le nom de leur auteur. — Je ne
vous nierai pas la vérité, répondit le
faux pélerin ; trois hommes à cheval
doivent venir ici à minuit pour enlever lady Douglas et sa compagne.
J'ai été envoyé en avant pour reconnaître l'intérieur de la maison, et
pour leur ouvrir la porte. — Qu'ils
viennent, dit Hamilton, en sortant
de la grange ; je ne suis pas ton
juge, c'est le comte Argyle, sur les
terres duquel tu as été arrêté ; mais
il faut avant tout que tu fasses un
petit voyage avec nous ». Le rapport

des gens d'Hamilton vint à l'appui
de l'aveu du prisonnier. Pendant que
le lord était seul dans la cour, plusieurs cavaliers s'étaient approchés;
mais au cri d'appel de sa suite ils
s'étaient enfuis à toute bride.

Mathilde et Brigitte aidèrent la
fermière à servir des rafraîchisse-
mens aux voyageurs; puis elles em-
paquetèrent leurs effets, Hamilton
ayant déclaré qu'il ne voulait se reposer que quelques heures pour partir à la pointe du jour. En effet, dès
que l'aurore commença à paraître
derrière les collines couvertes de forêts, le cortége se mit en chemin.
La fermière versa bien des larmes
en voyant partir ses chères cousines,
et il fallut qu'Hamilton usât de toute
l'autorité du père Jacob pour la déterminer à prendre les pièces d'or
qu'il lui remit dans les mains. « Nous

reviendrons vous voir, dame Gertrude, lui dit Mathilde en montant
à cheval; nous reviendrons bien
certainement. Gardez-moi, en attendant, ma houlette et mon chapeau de paille, car je veux toujours
les conserver. »

Afin que rien ne retardât le voyage,
le faux pélerin avec tout son costume fut attaché sur un des chevaux
qui avaient servi à la fuite de Mathilde. Les deux valets le placèrent
entre eux, et fermèrent ainsi le cortége, à la tête duquel était Hamilton
avec sa fille adoptive. Dès le premier jour on fit la moitié du chemin.
Mathilde ne se ressentait pas de la
fatigue; l'amour et le plaisir brillaient sur sa figure, et l'espérance
ajoutait à ses forces. Brigitte elle-
même, tout inquiète qu'elle était
depuis quelques jours de l'absence

de son Arthur, se laissa ranimer par
l'exemple et les paroles de sa maîtresse, et trottait bravement à côté
du cavalier qu'on lui avait donné
pour écuyer. Elle ignorait que son
amant était aussi près d'elle, et que
le même jour où elle s'éloignait de
Green-dale, devait le ramener dans
ses bras.

Ce n'est que vers le soir que son
Esculape lui permit de faire le petit
voyage à la ferme ; et il aurait pris
pour une vision ou pour un conte,
tous ce que lui dit Gertrude, si l'absence de son amante et de sa maîtresse ne lui en eussent garanti la
vérité. Il prit sur-le-champ son parti,
et repartit, dès le lendemain matin,
sur le second cheval qui était resté à
la ferme, pour se rendre à Edimbourg où il espérait voir terminer
ses peines.

Edouard y était arrivé un jour avant le cortége que conduisait Hamilton. Robert le reçut avec un front sérieux. « J'ai eu tort, lui dit-il, de t'envoyer sur tes terres. J'aurais dû réfléchir que l'étourdi qui refuse une aimable et riche héritière est capable de faire de plus grandes folies. J'ai appris, par le ridicule ambassadeur que tu m'as envoyé, tes amours encore plus ridicules, et j'espère que tu ouvriras les yeux, et que tu me sauras gré d'avoir jugé à propos de mettre une prompte fin à cette aventure romanesque ».

Edouard avait absolûment perdu la parole, et resta devant le roi immobile, plus étonné encore qu'affligé. A la fin, poussant un profond soupir, « Ainsi donc, dit-il, le père Jacob m'a trompé ! »

Robert. Nullement. Je l'ai forcé

de t'écrire en son nom que tu pouvais tout te promettre de ma bonté.
Je te le répète ici, si tu ne t'obstines
pas à vouloir toi-même fouler ton
bonheur à tes pieds....

Edouard. Il n'y a qu'un bouheur
pour moi dans le monde. Ah ! sire,
si vous la connaissiez, cette charmante, cette estimable fille ! même
à la cour elle....

Robert. Elle n'a pas sa pareille,
voulais-tu dire ; je veux bien t'épargner cette inconvenance. Je veux
croire que ta bergère est unique en
son espèce, et je t'estime d'avoir
respecté son innocence. Mais si tu
avais vu la jeune Douglas que je te
destinais, tu n'aurais pas, à coup sûr,
refusé sa main.

Edouard. Sire, vous pouvez dis-
poser de ma vie et de ma liberté ;
mais mon cœur n'est plus à moi.

Robert. C'est bien , je connais ce langage , et je suis honteux pour toi, en te voyant répondre avec tant d'ingratitude à mes soins paternels.

Edouard (se prosternant aux pieds du roi). Ah ! sire, jamais l'ingratitude ne souillera mon cœur ; mais jamais non plus il ne connaîtra le parjure. J'ai juré à Mathilde une fidélité éternelle.

Robert. Je suis las d'entendre tes extravagances. J'attends sous peu de jours lady Douglas. Tu ne mérites pas de lui appartenir, et je ne puis mieux te punir qu'en te montrant le trésor dont tu t'es privé par ton entêtement. Jusqu'à ce moment mon château sera ta prison. Ne quitte pas ton appartement , et songe bien que ton obéissance réglera ma conduite envers ta bergère.

Un coup-d'œil du roi fit sortir

Edouard qui se renferma dans l'appartement qu'il avait au château depuis la mort de son père. Robert se
trompe, dit-il en se jetant sur son
lit, s'il pense que je puisse jamais
regretter sa lady Douglas. Non, céleste Mathilde, aucun tourment,
aucun sarifice, ne me paraîtront trop
grands pour t'obtenir; et la puis-
sance d'aucun roi ne pourra jamais
me faire renoncer à toi.

Pendant qu'Edouard passait de
tristes heures à gémir et à soupirer,
Hamilton s'approchait avec sa suite
de la ville d'Edimbourg. Déjà les
ombres de la nuit couvraient le haut
de ses tours, lorsqu'il descendit à
une auberge située hors des murs.
Il envoya un de ses écuyers annoncer au roi son arrivée. Le prince lui
fit dire d'entrer seul au château avec
Mathilde et sa compagne, et de les

mener dans les appartemens de la reine où lui-même les attendait. Hamilton obéit, après avoir donné ses ordres pour la garde du prisonnier.

Le roi reçut Mathilde avec une bonté qui la délivra aussitôt de toute espèce d'inquiétude. La reine l'embrassa avec la tendresse d'une mère, et la présenta aux demoiselles nobles de sa cour comme une nouvelle compagne. Après l'avoir entretenue quelques instans, elle la fit conduire à l'appartement qui lui était destiné, où Brigitte l'attendait déjà. Robert, de son côté, se rendit dans son cabinet avec lord Hamilton pour concerter ensemble la scène du lendemain, et donner ses ordres relatifs à Edouard.

Celui-ci était accablé de la plus profonde tristesse, lorsque, vers

midi, on lui annonça la visite de
lord Hamilton. « Mylord se trompe
sans doute, dit le jeune homme au
domestique introducteur, car je ne
le connais pas.—Certainement vous
le connaissez, dit celui-ci en entrant. » Edouard reconnut en effet
la voix du père Jabob. Il sauta à bas
du lit, mais il recula de surprise lors·
qu'il aperçut une figure qui lui était
étrangère. « Vous ne vous trompez
pas, lui dit le lord en lui tendant
les bras, le père Jacob et le lord
Hamilton ne sont qu'un. —Est-il
bien possible? dit le jeune homme,
qui souffrait plutôt ses embrassemens
qu'il ne les partageait ; quelle énigme ! pour qui dois-je vous prendre ?

Hamilton. Pour votre ami. Ce
n'est pas la haine des hommes, mais
la haine de moi-même qui m'a fait
quitter la société, dans laquelle l'a-

mour de l'humanité m'a fait rentrer.
Quand les affaires qui m'y rappel-
lent seront terminées, vous apprendrez tout; en attendant je dois me
taire.

Edouard. Je souhaite que vous
réussissiez mieux dans vos affaires
que moi dans les miennes. Le roi
sait-il qui vous êtes?

Hamilton. Certainement il le sait,
et c'est bien lui qui m'a chargé de
vous dire qu'il vous attend ce soir
dans les appartemens de la reine;
c'est moi qui viendrai vous chercher.

Edouard. Connaissez-vous ses
projets?

Hamilton. Je crois savoir qu'il
veut vous présenter à la jeune lady
Douglas.

Edouard (courroucé). Et vous
avez pu accepter une pareille com-

mission ! je vois bien que je suis trahi; mais quand je serai libre, lord
Hamilton me rendra raison de la
conduite du père Jacob. Dites en attendant au roi que j'obéirai à ses ordres, mais que je le supplie de me
faire accompagner par quelqu'autre.
A ces mots il lui tourna le dos.

Hamilton. Tu es bien fier, jeune
homme; mais au lieu de me demander raison, ce soir, si je veux bien le
permettre, tu te jeteras dans mes bras
pour me demander pardon. Adieu.»
Hamilton le laissa seul. Peu à peu la
colère d'Edouard s'apaisa et finit par
un monologue dans lequel il promit
à Mathilde de fermer plutôt pour
jamais les yeux, que de jeter le moindre regard bienveillant sur la détes-
table Douglas.

En retournant vers le roi pour lui
rendre compte de sa mission, le lord

rencontre Arthur, qui était arrivé
pendant la nuit, et demandait le
comte d'Argyle. Quoiqu'il eût appris
à Green-dale la métamorphose du
père Jacob, il avait cependant peine
à le reconnaître, et récusait presque
le témoignage de ses yeux, lorsque
celui-ci lui adressa la parole. Après
que les premiers momens de surprise
furent passés, le jeune homme adressa au chevalier sur Mathilde et Brigitte quelques questions auxquelles
celui-ci répondit avec toute l'amé-
nité du père Jacob, pour encourager
un peu le timide et respectueux Arthur. Hamilton, de son côté, lui
demanda les motifs de son voyage,
et son rapport compléta l'histoire de
son prisonnier. « Nous aurons besoin de vous, lui dit à la fin Hamilton; restez toute la soirée à votre auberge, vous ne pourriez pas, d'ail-

leurs, parler aujourd'hui au comte
Argyle, que le roi a fait demander.»
J'en devine la raison, lui dit Arthur, et alors il lui raconta des choses
qu'Hamilton savait mieux que lui.
« Demain, ajouta-t-il, vous en apprendrez davantage ; en attendant
calmez votre impatience par la pen-
sée qu'Edouard et Mathilde ne peuvent être heureux sans rendre heureux aussi Arthur et Brigitte. »

Hamilton rendit compte au roi de
sa mission auprès d'Edouard.« Puisque cet entêté, dit Robert, s'est
aussi brouillé avec vous, au lieu de
l'accompagner ce soir, vous l'atten-
drez chez la reine. Je viens de la quitter ; elle est presque aussi folle de Mathilde qu'Edouard lui-même. Les diamans et la parure qu'elle lui a envoyés ce matin ont encore relevé les
charmes de cette belle personne, et

je pardonnerais presque à son oncle
sa folie, si elle ne l'avait pas conduit
au crime. Au reste, ce crime nous
sera utile pour le forcer au silence,
dans le cas où il persisterait à vouloir soutenir ses droits comme tuteur
contre son rival. » Hamilton ayant
pris de là occasion d'instruire le roi
de l'assassinat d'Arthur, ce prince
le chargea d'en recevoir la déposi-
tion en présence du prisonnier, et
de faire constater authentiquement
les déclarations de l'un et de l'autre.

En parlant de sa nouvelle pupille,
Robert n'en avait rien dit de trop.
Jamais Mathilde n'avait été plus belle
que ce jour-là. Telle parut la jeune
Hébé au milieu de la cour céleste,
lorsque Jupiter la remit entre les bras
d'Alcide, élevé au rang des dieux.
Suivant la mode de ces temps-là,
Mathilde avait entremêlé ses che-

veux d'une tresse de diamans qui
avaient appartenu à sa mère, et
qu'elle avait eu soin d'emporter lors
de sa fuite de Wood-hill; une robe
couleur bleu céleste dessinait sa belle
taille entourée d'une ceinture brodée
d'argent. C'est ainsi qu'elle parut au
dîner du roi. Tous les chevaliers la
regardaient avec admiration, et ses
nouvelles compagnes, dont la jalousie avait d'abord été désarmée par la
douceur et l'amabilité de ses manières, s'empressèrent de lui demander
son amitié.

Après le dîner, le roi voulut qu'elle
le suivît dans les appartemens de la
reine. Il parla de l'histoire de sa fuite;
et elle la raconta avec des ménage-
mens qui charmèrent également le
prince et la reine. Elle n'oublia pas,
surtout, de s'étendre sur les services
que Brigitte et Arthur lui avaient

rendus, et fit valoir de son mieux les
dangers auxquels ils s'étaient expo-
sés pour l'amour d'elle. « N'ayez aucune inquiétude, dit Robert, ni vous
ni eux n'avez rien à redouter de la
vengeance de Dunbar, qui pourrait
bien, sous peu, être réduit lui-même
à songer à sa propre sûreté. Regar-
dez-moi dès ce moment comme votre
tuteur, qui vous protégera jusqu'au
moment où il pourra vous confier à
un époux digne de vous. J'ai un pupille..... » — Mathilde pâlit. « Ne
vous effrayez pas, continua le roi en
souriant, je ne ferai jamais violence
à votre cœur; mais lorsque vous connaîtrez le jeune comte d'Argyle,
vous approuverez certainement mon
choix. » « Je ne le connais pas, sire, »
dit Mathilde d'une voix tremblante.
« Vous le verrez dès ce soir, » répondit Robert; et, pour ne pas aug-

menter sa terreur, il ajouta : « Mais,
comme je viens de vous l'assurer,
toute l'amitié que je lui porte ne
m'engagera jamais à vous donner à
lui contre votre gré. Voici ma main
pour vous assurer de la sincérité de
ce que je vous dis. » Mathilde s'in-
clina pour la lui baiser : il la retira,
et une larme brûlante de la sensible
fille tomba sur la main du héros. La
reine fit changer la conversation, et
parla de choses indifférentes; et Mathilde était enfin assez calme pour y
prendre part, quand Hamilton entra.
A la vue de son compagnon de voyage, qui était en même temps son
confident, elle reprit toute sa gaîté.
Sa métamorphose d'ermite en chevalier amena le récit de son apparition
à Green-dale. Il raconta à la reine la
scène avec la fermière, qui le pre-
nait pour un brigand, tandis qu'elle

en avait un véritable dans sa maison. «Cela prouve, dit le roi, que l'habit ne fait pas le moine. — La houlette ne fait pas non plus la bergère,»
ajouta la reine, en jetant sur Mathilde un regard significatif. » Celle-
ci fit tout son possible pour cacher
son trouble, qui fut bientôt à son
comble, lorsque l'officier qui avait
ordre d'introduire Edouard, entra
dans la salle, et annonça le comte
d'Argyle. « Qu'il entre, » dit le roi.

Edouard entra en grand costume
de cour. Il avait les yeux baissés, et
ne voyait que le roi. Celui-ci le prit
amicalement par la main, et, se
tournant vers Mathilde, «Voilà, ma
fille..... » Il allait continuer, quand
Mathilde, qui s'était levée, retomba
sur sa chaise, après avoir proféré,
d'une voix étouffée par la surprise :
« Est-il possible !.... » « Dieu ! Ma-

thilde ! » s'écria Edouard, en courant à elle, sans faire attention ni au roi ni à la reine. « Oui, dit le roi, c'est Mathilde Douglas, dont hier encore tu refusais la main : Comtesse, lui pardonnerez-vous ce refus?» dit-il à Mathilde revenue à elle, mais hors d'état de parler. — « Elle n'a rien à lui pardonner, dit la reine; car il n'y a pas une heure qu'elle n'aimait pas mieux entendre parler du comte Argyle, qu'Argyle de lady Douglas. « Eh bien ! mes enfans, dit le roi, en mettant la main de Mathilde dans celle du comte, vous avez, sans le savoir, secondé mes projets. J'approuve votre amour, et j'espère bientôt le couronner. » Edouard et Mathilde allaient se jeter aux genoux du roi; il les reçut dans ses bras. « Que le Ciel vous bénisse, fils et fille de mes deux meilleurs amis. »

La reine les embrassa à son tour, et leur dit : « Les amis de Robert ont toujours été les miens ; leurs enfans ne lui appartiennent pas exclusivement. »

Plongé dans une mer de délices, Hamilton avait observé cette scène en silence ; mais à la fin il ne fut plus le maître de retenir les larmes qui vinrent bientôt inonder son visage. Le roi, qui le remarqua, dit à Edouard : « Voilà un homme qui me dispute le titre de ton père et de celui de Mathilde. » « Dieu ! s'écria Edouard en se jetant dans ses bras ; et j'ai pu l'offenser aussi cruellement ! pardonnez, ah ! pardonnez - moi, mon père ! »

Hamilton. Ne t'avais-je pas dit ce matin que bientôt tu me jugerais autrement ? A présent, mon fils, tu sais mon secret ; et Mathilde t'apprendra bientôt elle-même comment lady Douglas est devenue Mathilde Harold.

« Oui, dit le roi, ils doivent avoir beaucoup de choses à se dire, cela se fera mieux dans l'appartement de Mathilde, pendant que je vais m'occuper avec Hamilton des moyens de forcer son oncle à consentir à son mariage. »

Les grandes joies, comme les grands chagrins, produisent des scènes qui ne sont jamais mieux rendues que quand le peintre jette son pinceau en présence du spectateur, ou lorsque, à l'exemple de Timanthe, il cache la difficulté derrière un rideau. Le bonheur de deux amans qui se trouvent réunis, et le bonheur plus grand encore que produit la certitude de n'être plus séparés, entre dans ces situations qu'il

n'appartient qu'aux plus chers favoris des Muses de pouvoir rendre, et
que les paroles expriment encore
moins que la peinture.

Pendant qu'Edouard et Mathilde
s'abandonnaient au sentiment de leur
félicité, et n'avaient pour témoins
que les anges de l'amour et de l'a-
mitié, Hamilton s'occupait d'expé-
dier pour Wood-hill un exprès à cheval, muni d'une lettre du roi. Il y
joignit une copie des dépositions
d'Arthur et du prisonnier, desquelles
il résultait clairement la preuve que
Dunbar était l'auteur des violences
exercées contre Mathilde et son libérateur Arthur; violences dont la
mort de ce dernier eût été la suite,
sans l'arrivée inattendue d'Edouard.
Le roi ajoutait : « Si vous voulez,
Mylord, m'épargner le désagrément
de livrer toute cette affaire aux tri-

bunaux, envoyez-moi votre consentement au mariage de Mathilde Douglas votre nièce, avec mon pupille le
comte d'Argyle, contre les mœurs, l'é-
tat et la fortune duquel vous ne pouvez alléguer aucun reproche raison-
nable. Il aime Mathilde et en est aimé.
Dans tous les cas, lady ouglas,
en qualité de fille adoptive de mon
épouse, jouira de la protection que
je dois à l'innocence persécutée, et
à la mémoire de ses parens. »

Mathilde, rayonnante de plaisir,
et ayant sa Brigitte à ses côtés, était
en train de raconter à Edouard l'histoire de sa métamorphose en bergère, quand Hamilton introduisit
Arthur dans sa chambre. Alors se renouvela la scène de plaisir dont les
deux amies et l'enthousiaste Edouard
étaient à peine remis. Arthur et Brigitte goûtèrent à leur tour, dans les

bras l'un de l'autre , tous les délices de la plus douce surprise, car
Edouard n'avait pas encore pu parler
à Brigitte de la rencontre qu'il avait
faite de son amant; et le père Jacob,
de son côté , avait eu soin d'éviter
de parler de son arrivée, pour avoir
à partager avec eux un nouveau
plaisir. « Je n'oublierai jamais, cher
Arthur , que vous avez été le frère
de Mathilde , et que, dans le moment le plus critique de sa vie, vous
avez agi envers elle comme envers
une sœur. Le tombeau seul pourra
nous séparer , et ma fortune..... »
Avec votre permission , lui dit Mathilde, en l'interrompant, la dot de
ma sœur doit me regarder. Ne dis-
putez pas là-dessus, mes enfans, dit
Hamilton, quand vous serez mariés
votre noble débat se videra de lui-
même. Mais il nous faut attendre la

réponse de Wood-hill qui, à ce que
j'espère, ne tardera pas d'arriver.—
Quelle réponse? demanda vivement
Edouard. Doucement, jeune homme, reprit le lord; votre bon ami
Dunbar a aussi un mot à dire pour
votre mariage. Ne vous effrayez pas,
chère Mathilde; les mesures sont
prises pour que ce mot soit un *oui*.»

Alors il instruisit les deux amans
des dispositions qu'on avait faites,
et Brigitte n'apprit qu'alors le danger que son Arthur avait couru, et
le secours qu'il avait reçu du coura-
geux Edouard. Cette fille sensible
voulut se jeter aux genoux du sauveur de son amant. Edouard et Mathilde se jetèrent au-devant d'elle,
et serrèrent dans leurs bras l'amant
et la maîtresse. « Nous avons reçu
notre dot, » dirent-ils, en rendant
le baiser au noble couple; et ce bai-

ser fut le sceau de l'amitié qu'ils s'é-
taient vouée à jamais.

Le temps qui s'écoula jusqu'à l'arrivée de la réponse de Wood-hill fut
une série de fêtes pour l'heureux
groupe ; et ce temps leur parut aussi
court que paraîtrait long celui que
l'on passerait à lire leurs plaisirs,
ou à les décrire. Dans l'élysée de
l'amour chaque herbe est une rose,
chaque mot un concert, et chaque
répétition est une nouvelle jouis-
sance.

A Wood-hill, au contraire, ré-
gnaient la terreur et la crainte. Le mes-
sage du roi ne surprit point Dunbar ;
il avait appris par ses agens le projet
manqué sur Arthur, et l'arrestation
du prétendu pélerin ; il ne doutait
pas que les cavaliers entre les mains
desquels il était tombé à Green-dale

ne fussent envoyés par un puissant
protecteur au secours de Mathilde;
mais il ne pouvait deviner quel'était
ce protecteur. Le messager d'état le
tira de cette incertitude. Il ouvrit les
dépêches en tremblant. L'avarice,
la jalousie et la rage de la vengeance
se livraient dans son âme un combat
qui dut finir par la peur du châti-
ment dont la fin de la lettre le me-
naçait.

Rien ne s'opposait plus au mariage
des deux amans, Robert voulut se
donner le plaisir de leur lire lui-
même la réponse de Dunbar. Le
royal couple tint lieu de parens aux
deux époux, et leurs noces furen
célébrées avec toute la magnificence
que comportait la sage économie qui
régnait à la cour de Robert. Les
nouveaux mariés se livrèrent à cette

joie sainte qui n'est sentie que par
les âmes pures que Vénus-Uranie a
initiées dans ses mystères.

Le lendemain Arthur et Brigitte
furent également mariés, et si riche-
ment dotés par les deux époux, qu'il
fallut les contraindre à accepter tant
de bienfaits. Hamilton leur fit également des présens considérables,
moins, leur dit-il, pour les récompenser de leur fidélité envers Mathilde, que pour reconnaître les plaisirs qu'ils lui avaient procurés à lui-
même. « Vous avez, dit-il, conduit
dans mon voisinage la fille de la femme divine qui m'a rendu au repos et
à la vertu. Ce n'est pas seulement
pour son époux, c'est encore pour
moi que Green-dale sera désormais
un lieu révéré. — Oui, dit Edouard,
nous irons bientôt y faire un pélerinage. — Et le père Jacob vous y

accompagnera, » reprit Hamilton.

Le pélerinâge eut lieu en effet quelques jours après. Le comte d'Argyle mena sa jeune épouse dans ses terres, et dès qu'elle parut, tous les cœur lui rendirent hommage. La société le suivit au château de chasse qu'il préférait aux plus magnifiques de ceux de ses ancêtres par les souvenirs qu'il lui rappelait. Pour empêcher que dame Gertrude apprît par d'autres leur mariage, on résolut d'aller à Green-dale dès le lendemain. On descendit de cheval à l'entrée de la vallée ; et les chevaux furent laissés en arrière. Edouard et Mathilde conduisirent la société à la place aux fleurs qu'Edouard appelait le berceau de la félicité. Cette place fut arrosée de douces larmes, et chacune de ces larmes fut un hommage plus agréable à Dieu que le sang de l'agneau ou de la tourterelle. Baby, qui gardait le troupeau dans les environs, eut à peine aperçu la société qu'elle courut avertir sa mère. Dame Gertrude ne voulait recevoir ses hôtes que dans un costume convenable; et le soin qu'elle donna à sa toillette ne lui permit de les recevoir qu'au moment où ils entraient dans la cour. « Lorsque j'ai pris dernièrement congé de vous, je vous ai promis de revenir vous voir, dit Mathilde en lui serrant amicalement la main ; vous voyez que je tiéns parole. » Gertrude la regardait avec une joie mêlée d'étonnement. « Sainte Vierge ! ma petite cousine, s'écria-t-elle enfin, vous avez vraiment l'air d'une lady ; est-ce la reine qui vous a ainsi parée ? Non, répondit Mathilde, c'est mon Edouard dont je suis maintenant la femme. »

Gertrude. Sa femme! cela est-il bien possible! vraiment, je me dou-tais bien de quelque chose. Ah! ah! ma petite cousine serait votre femme?

Edouard. Oui, brave femme, elle est mon épouse.

Hamilton. Cela veut dire l'épouse du comte d'Argyle, votre gracieux seigneur.

Edouard. Que vous avez béni en buvant à sa santé. Vous voyez que j'ai fait votre commission auprès de lui.

Dieu tout-puissant! s'écria Ger-trude en tombant à genoux. Ah! My lord... Petite cousine, chère petite cousine, parlez pour moi, je ne sa-vais pas.....

Hamilton. Non sûrement vous ne le saviez pas, bonne femme. Il y a bien d'autres choses que vous ne saviez pas. Vous ignoriez, par exemple, que celle que vous croyez être votre cousine était la jeune lady Douglas.

Mathilde la reçut dans ses bras pour l'empêcher de tomber une seconde fois à ses pieds. Elle demeura long-temps dans une ivresse dont elle ne sortit qu'à l'arrivée des gens du comte, qui avaient suivi à quelque distance avec tout ce qu'il fallait pour apprêter un dîner champêtre. L'idée qui lui vint de chercher à faire les honneurs de sa maison, lui rendit toutes ses forces. Aidée de Brigitte, elle apprêta la table dans le verger, suivant les désirs de Mathilde qui voulait dîner sous la belle voûte du ciel; mais elle perdit de nouveau contenance quand Edouard et Mathilde se placèrent à côté d'elle et de Baby.

Après le repas, le comte d'Argyle lui dit : « La ferme que vous avez eue à bail jusqu'à présent est votre propriété. Nous ne vous imposons, pour toute redevance, que d'avoir soin du parterre de fleurs que Mathilde veut faire planter à la place où nous nous sommes vus pour la première fois. » Gertrude ne put rien répondre ; elle pleurait, levait les mains au ciel, voulait baiser, tantôt celles d'Edouard, tantôt son habit. « Calmez-vous, chère Gertrude, vous savez que je vous ai promis de suivre les traces de mon père. »

Pendant cette scène, Hamilton s'était éloigné. Chacun le demandait, et Arthur s'était déjà levé pour aller à sa recherche, lorsqu'il parut avec le costume du père Jacob. « Mes affaires de ce monde, dit-il, sont finies, et, grâces à Dieu, heureusement

finies. Le père Jacob retourne dans
sa cellule, mais il n'entend pas, cependant, se séparer de vous pour
toujours. Non, mes enfans, chaque
année nous fêterons ici ce jour comme je fêtais celui de la mort de ma
divine amie. Quand je ne vivrai plus,
continuez à le fêter, et jetez alors sur
ma tombe quelques fleurs du jardin
de Mathilde. Je l'ai choisie sous le
pommier près le banc de gazon où
je lui ai raconté l'histoire de ma vie.
Et vous, mon fils, recevez ici l'acte
de mes dernières volontés, et jurez-
moi de les exécuter. « Edouard lui
tendit sa main droite et de la gauche
reçut le parchemin qu'il lui présen-
tait. Par cet acte, il faisait à Mathilde une donation entière de tous ses
biens, avec la condition de bâtir une
maison pour les pauvres veuves et
orphelins, maison dont lady Argyle

serait la supérieure. Le père Jacob
ne donna pas au couple attendri le
temps de lui faire ses remercîmens.
« Mon heure est venue, dit-il en s'ar-
rachant de leurs bras; venez, mes
enfans, me voir l'année prochaine
dans ma cellule : là, devant le portrait de votre mère, je bénirai une
seconde fois votre hymen. » Son regard était si imposant, son ton si solennel que personne n'osa ni le retenir ni le suivre; mais l'année suivante, les époux firent un pélerinage
à la cellule du saint homme, qui eut
alors le plaisir de bénir en même
temps leur premier né.

DON MELCHIOR DE SOUZA.

NOUVELLE ESPAGNOLE.

———◆———

Don Melchior de Souza habitait un
vieux castel héréditaire, situé au milieu de la Sierra-Léone, sur une colline entourée de forêts. Il possédait
tout ce qui rend un gentillâtre propre à figurer dans un tournoi : de
vieux parchemins et de vieilles dettes. Il prétendait descendre de l'un
des trois mages ; il en donnait pour
preuve son nom de baptême qui avait
aussi été celui de dix de ses ancêtres,
et son nom de famille qui avait un
rapport identique avec l'ancienne ca-

pitale des rois de Perse. Par malheur
son arbre généalogique et ses archi-
ves ne remontaient que jusqu'au
temps du roi Pélage; et en voulant
à toute force compléter les preuves de son origine jusqu'à don Mel-
chior Ier, c'est-à-dire, jusqu'à l'an 1
de notre seigneur Jésus - Christ,
il se fatigua tellement l'esprit dans
ses recherches que son cerveau n'é-
tait guère en meilleur état que celui
de son ami d'enfance, le héros de la
Manche, après la lecture des livres
de chevalerie. Mais un chagrin plus
cuisant pour lui était de voir la pro-
géniture masculine des Melchior
éteinte avec sa personne, car il n'a-
vait qu'une fille unique, et dona Ximena, sa légitime moitié, avait, depuis dix ans, fait reléguer au grenier
le berceau et la roulette comme des
meubles désormais inutiles. C'était,

du reste, une femme d'un rare mérite, qui supportait avec résignation
les caprices et les lubies de son seigneur et maître, et cherchait à les
cacher, autant que possible, au monde, c'est-à-dire, à trois ou quatre
voisins qui venaient les visiter une
ou deux fois par an. Sa fille Blanca
était, sans le savoir encore, la plus
belle figure féminine qui eut, depuis
Melchior Ier, ornée la galerie de
famille. Un profil tout romain, de
grands yeux noirs qui ne disaient
rien encore, mais qui promettaient
de dire beaucoup, des cheveux d'un
châtin foncé dont les boucles om-
brageaient un front blanc comme
l'innocence, des joues où brillaient
la couleur purpurine de la santé, et
une taille élancée comme le jeune
cèdre; tel était le portrait de Blanca.
Ovide même, s'il l'eût rencontrée

se promenant dans le petit bois du
castel, l'eût prise pour une nym-
phe de Diane. Sa mère, autrefois
l'Hélène de la contrée, employait
tous ses soins à seconder ces dons de
la nature et à relever les charmes de
sa fille par les agrémens qui l'avaient
aidée à captiver autrefois le cœur de
son époux. Blanca chantait d'une
voix agréable une quinzaine de ro-
mances, en s'accompagnant de la
guitare; elle lisait et écrivait assez
couramment, et savait réciter en la-
tin son *Credo* et son *Ave*. Avec tout
cela, la mère crut son éducation
achevée; et comme elle ne pouvait
plus rien lui apprendre, elle jugea
qu'elle n'avait plus besoin de rien
savoir. Au fond, elle n'avait pas si
grand tort : Blanca était une créature douce et simple qui, ne dési-
rant rien au-delà de ce qu'elle avait,

passait des jours solitaires dans le calme de l'innocence.

Elle venait d'atteindre sa quinzième année, lorsque dona Elvira, sa tante, veuve d'un ancien général, vint visiter ses parens pour passer avec eux la fin de l'automne. Blanca, qu'elle n'avait pas vue depuis sept ans, fixa ses regards dès les premiers momens, et dès les premiers jours gagna son cœur. Cette aimable fille, par ses complaisances et les grâces naturelles dont elle accompagnait les soins qu'elle prodiguait à sa tante, sut si bien la captiver, que celle-ci demanda à ses parens la permission de l'emmener avec elle à Léon où se trouvaient les biens de son douaire. Dona Ximena, qui fondait le sort de sa fille sur le testament de cette sœur, pouvait d'autant moins se refuser à cette complaisance, qu'elle

sentait parfaitement que le séjour de
la capitale de la province offrirait à
sa fille des avantages qu'elle ne pouvait lui procurer à la campagne. Don
Melchior, de son côté, se laissa décider sur l'assurance que ce voyage
ne lui coûterait pas un maravédis.
Blanca, qui de sa vie n'était sortie
de la banlieue, et qui ne pouvait se
faire une idée d'une ville, avait peine
à se figurer tout le bonheur d'entrer
dans un monde nouveau, et elle tâ-
chait d'exprimer à sa tante l'excès
de sa joie par les plus tendres caresses.

Elles arrivèrent à Léon après un
voyage de trois jours; dona Elvira
mit une sollicitude vraiment mater-
nelle à procurer à sa nièce une société choisie où elle pût trouver les
occasions de développer ses bonnes
dispositions.

Trois mois s'étaient ainsi écoulés,
lorsque la naissance d'un prince de
la famille royale donna lieu à des ré-
jouissances publiques. Le gouverneur voulut célébrer ce joyeux évé-
nement par un combat de taureaux.
Toute la noblesse du voisinage fut
invitée à cette fête; et comme la fille
du gouverneur était une des amies
de la jeune Blanca, celle-ci eut sa
place marquée sur le balcon du palais, en face de l'arène. Le spectacle
eut peu d'attraits pour l'âme de notre jeune campagnarde, dont la sensibilité n'était pas encore émoussée
par l'habitude; aussi ne se retrouva-
t-elle à son aise que lorsque les com-
battans entrèrent dans la grande
salle du palais pour y recevoir les
prix et les félicitations. Don Diégo
de Castro, neveu du gouverneur, fut
couronné par Blanca. Ses compa-

gnons reçurent le prix de leur valeur
du même air qu'un créancier rece-
vrait le paiement d'une dette; lui, au
contraire, avait l'aimable rougeur du
héros embarrassé de son mérite. La
fête se termina par un bal, où don
Diégo ne laissa échapper aucune occasion de se rapprocher de la belle
Blanca, et de l'entretenir autant que
le permettait la sévérité des conve-
nances. Deux heures n'étaient pas
passées qu'il ne voyait plus qu'elle,
et sa conversation faisait oublier à
Blanca la danse que, depuis son séjour à la ville, elle aimait passion-
nément. Pour la première fois, l'o-
béissance lui devint pénible lorsque sa tante lui dit qu'il était temps
de se retirer. Elle la suivit sans
dire un mot, il est vrai, mais elle
ne put s'empêcher de jeter un regard en arrière sur don Diégo, qui

l'accompagnait jusqu'à sa litière.

Elle se coucha triste et pensive, et dès l'aube du jour elle quitta son lit sans avoir pu fermer l'œil de la nuit. Cette matinée était la première qui ne la vît point sortir de sa chambre avec la couleur de la rose, et de légers nuages obscurcissaient encore son front lorsqu'elle vint, comme à son ordinaire, baiser la main de sa tante. Celle-ci avait observé sa nièce, et elle avait assez deviné ce qui se passait dans son cœur, pour que sa prudence ne lui permît pas de demander la cause de cet abattement.

Deux jours après, don Diégo se fit annoncer chez dona Elvira. Blanca, qui était présente, fit de vains efforts pour cacher son trouble. « Il paraît, lui dit sa tante, que cette visite te cause de l'embarras : hé

bien! mon enfant, je te permets
de te retirer dans ta chambre; lorsque je te croirai remise de ton é-
motion, je te ferai appeler si ta présence est nécessaire. » Blanca ne
savait si elle devait se fâcher contre
elle-même ou contre sa tante, et
elle quitta l'appartement en faisant
une révérence silencieuse. Elle se
flattait que la visite de don Diégo
était autant pour la nièce que pour
la tante, et elle ne se trompait pas.
Ce jeune gentilhomme, quoique né
à Léon, habitait Madrid, où il servait dans les gardes du roi. Il n'en
était arrivé que deux jours avant la
fête; cependant Dona Isabella, sa
cousine, qui avait remarqué l'impres-
sion que Blanca avait faite sur lui au
bal, lui avait dit tant de choses à sa
louange, qu'au bout de deux jours il
la connaissait aussi bien que s'il avait

vécu des semaines entières dans sa
société. Aussi ne faut-il pas s'étonner
qu'à sa première visite à dona Elvira,
Diégo lui demanda la main de sa
nièce. Cette bonne tante, qui connaissait la famille et les grands biens
du jeune homme, écouta d'autant
plus favorablement sa proposition,
que feu son mari, qui avait été frère
d'armes du gouverneur, lui avait
toujours parlé de son neveu comme
d'un officier plein de bravoure et de
noblesse d'âme. Elle l'assura qu'elle
savait apprécier tous les avantages de
son alliance, et qu'elle se ferait un
plaisir d'appuyer sa demande auprès
des parens de Blanca qui, seuls, pouvaient prononcer. « Quant à ma
nièce, ajouta-t-elle en souriant, un
homme du mérite de don Diégo ne
peut en craindre une réception défa-
vorable, d'autant plus que je sais que

ton cœur est encore libre. » Alors
elle fit appeler Blanca. Celle-ci avait
eu le temps de rassembler ses esprits ;
elle reçut son prétendant avec cette
aimable majesté de l'innocence qui
avait porté les anciens Germains à
regarder une vierge comme un être
sacré. Elle se plaça sur le sofa à côté
de sa tante, et pendant quelques instans succéda une scène muette où
les cœurs des deux amans s'entendi-
rent aussi bien que si leur bouche
avait parlé. Elvira rompit ce silence.
Un Corrége, qui voudrait peindre
l'aimable rougeur d'une madone re-
cevant le salut de Gabriel, ne saurait créer un coloris plus beau que
celui qui embellit les joues de Blanca
lorsque sa tante l'instruisit de la demande de don Diégo. Une douce
surprise lia d'abord sa langue, puis
elle dit d'une voix émue « C'est à

mes parens à prononcer, et ils n'ont jamais eu lieu de m'accuser de déso-béissance. » Le cœur de don Diégo faisait un commentaire trop favora-ble sur cette réponse pour croire né-cessaire d'en demander une autre explication. La tante se chargea de la demande auprès des parens; et comme elle connaissait le beau-frère Melchior, elle jugea qu'il vaudrait mieux suivre la négociation en per-sonne.

Après quelques jours, dont chacun était marqué par une visite de don Diégo, et lui donnait l'espoir si doux de l'obéissance de son amante, la bonne tante, accompagnée de sa nièce, se mit en route, et arriva sans accident au castel seigneurial. Il était convenu entre elle et Blanca, qu'elle se concerterait préalablement avec sa mère sur l'objet de son ambassade. Car, quoiqu'elle ne crût pas devoir appréhender un refus du gentilhomme, elle n'ignorait pas cependant que son altesse orientale, à l'instar de maints hauts et puissans seigneurs, avant et après lui, s'avisait quelquefois de se comporter avec bizarrerie dans ses audiences.

Dona Ximena fut transportée de joie à la proposition de sa sœur; le bonheur de sa chère Blanca était le premier de ses désirs en ce monde. D'ailleurs sa vanité était flattée d'avoir pour gendre un hidalgo aussi riche et aussi considéré.

La communication au gentilhomme fut fixée au lendemain matin; et Blanca fut chargée des préparatifs du déjeuner, qui devait servir de préliminaire à la conférence. L'aimable fille s'acquitta si heureusement de ses fonctions, que son père lui

demanda une seconde tasse de cho-
colat, et qu'il ne cessa d'avoir les
yeux fixés sur elle pendant qu'elle le
lui versait avec toutes les grâces
d'une Hébé. Convenez, don Melchior, lui dit sa belle - sœur après
que sa sœur se fut retirée, que le
séjour de la ville n'a pas été défavo-
rable à notre Blanca. Ses qualités et
ses grâces naïves se sont dévelop-
pées, et je puis dire qu'à la dernière
fête elle a été l'objet de l'admiration
générale.

Don Melchior. Tout cela est bel et
bon ; mais cette enfant pourra-t-elle
s'accoutumer de nouveau à notre
misérable vie champêtre ?

Dona Ximena. Pourquoi pas ?
aussitôt que son père la rappelle dans
sa sollitude.

Dona Elvira. Au reste, il ne dépend que de son père de la voir éta-

blie dans la ville, et de l'y aller visiter, ou d'être visité par elle aussi
souvent que son cœur le désirera.

Don Melchior. Comment enten-
dez-vous cela?

Dona Elvira. Je veux dire qu'un
amant aimable, noble et riche, se
présente pour votre fille, et qu'il
n'attend que votre permission pour
se présenter et vous déclarer ses
vœux.

Don Melchior. Oui! et qui est cet
amant?

Dona Elvira. Don Diégo de Castro, le neveu du gouverneur.

A ce nom, le front de notre gentilhomme se sillonna de profondes rides; de sombres nuages couvrirent
ses sourcils; il releva son nez de
perroquet, et la moustache qui l'em-
boitait comme une parenthèse.

Don Melchior. Diégo de Castro!

ce n'est pas un époux pour ma fille ;
Blanca mérite bien un vieux chrétien, et l'on sait de reste que l'arrière-bisaïeul de Diégo était un Maure.

Dona Elvira. Qui se rappellerait
de l'arrière - bisaïeul, quand il est
question de l'arrière petit-fils ? Diégo
passe dans toutes les Espagnes pour
un bon hidalgo, et si je ne me trompe fort, cet arrière-bisaïeul qui vous
offusque tant, était issu du sang des
rois de Grenade.

Don Melchior. Cela est fort bien,
et ces rois de Grenade étaient des
païens, et leurs femmes n'étaient
que des esclaves.

Dona Ximena. Mais, mon cher
époux, il s'agit du bonheur de notre
fille. Diégo est capitaine des gardes-
du-corps ; il a déjà donné des preuves éclatantes de son courage, et il
possède une fortune considérable.

Don Melchior. Et quant il possé-
derait tous les trésors des Indes, ils
ne pourraient jamais laver la tâche
de sa naissance. En un mot, je ne
veux plus entendre parler de ce mariage.

Le gentilhomme débita cet épilo-
gue d'un ton si rude, que les dames
n'eurent pas le courage de répliquer.

Blanca ne put retenir ses larmes
lorsque sa tante l'instruisit du mau-
vais succès de sa négociation. Elle
ne perdait cependant pas tout espoir
et attendait une résolution heureuse
de l'apparition de son amant, qui,
ainsi qu'on en était convenu, devait
arriver dans trois ou quatre jours.
Dona Ximena fit tous ses efforts pour
convaincre son seigneur et maître de
tous les avantages qu'offrait cette
union, tant pour sa fille que pour
lui-même. Mais celui - ci resta iné-

branlable dans son opinion que Blanca ne pouvait donner sa main qu'à
un vieux chrétien qui fût en même
temps un vieux gentilhomme.

Enfin don Diégo arriva au castel.
Les deux dames se trouvaient en ce
moment au jardin, et, par bonheur,
le châtelain était occupé à compléter
son arbre généalogique. Il fut introduit par la camériste de dona Elvira.
Celle-ci le présenta à sa sœur qui,
malgré les manières obligeantes avec
lesquelles elle le recevait, laissa per-
cer le chagrin qui la tourmentait.
Dona Elvira saisit la première occasion qui se présenta pour le prendre
à part, et l'instruire des dispositions
favorables de la mère en même temps
que de la capricieuse opposition du
père de son amante. Néanmoins, lui
dit-elle, prenez courage, Blanca sera
à vous, et si mon extravagant beau-

frère ne veut pas entendre raison,
nous trouverons d'autres moyens
pour faire votre bonheur et celui de
sa fille. » Dona Ximena avait été annoncer à son époux la visite de ce
nouvel hôte. Elle n'eut pas peu de
peine à l'engager à le recevoir. « Si
je n'étais pas instruit de ses intentions, dit-il, le neveu du gouverneur serait le bien venu chez moi. »
Il reçut le jeune homme avec une
gravité d'apparat, et, après les premiers complimens d'usage, *il lui dit*
sans détour : « Je sais, don Diégo,
ce qui vous amène ici; il est inutile
que je vous répète ce que j'ai dit à
ma belle-sœur. Ma résolution est
inébranlable; j'aimerais mieux renfermer ma fille dans un cloître que
de la donner à un nouveau chrétien. »
Don Diégo ne savait pas trop s'il devait rire ou se fâcher de cette apos-

trophe d'un fou. L'idée qu'il était
père de Blanca, et le souvenir des
promesses de dona Elvira, étouffèrent
en lui la tentation de le persifler ou
de lui demander raison. Il prit même
assez d'empire sur lui-même pour
entamer une conversation indiffé-
rente, à laquelle les dames s'efforcè-
rent de prendre part. Le souper ne
dura pas long-temps, et il était fort
triste. Blanca s'était dispensée d'y
paraître, sous le prétexte d'une indisposition; mais le lendemain matin,
elle se rendit à l'appartement de sa
tante, tandis que sa mère retenait son
époux dans le sien sous différens pré-
textes. Don Diégo saisit ce moment
pour renouveler à la souveraine de
son cœur, en présence de sa tante,
les assurances de sa tendresse; et
Blanca, animée d'un courage extra-
ordiraire que lui donnaient un témoin

aussi respectable, et la dureté de son
pere, lui jura une constance à toute
épreuve. Alors dona Elvira se rendit
auprès de son beau-frère pour lui
demander s'il persistait dans sa résolution de la veille; et après que
celui-ci eut protesté, par les mânes
de ses ancêtres, que rien au monde
ne l'en détournerait, elle lui déclara
qu'elle avait l'intention de s'en retourner le matin même avec don
Diégo. « Blanca doit rester ici, » lui
dit le sévère châtelain. « Elle restera,
reprit la tante; je viens de lui donner mon baiser d'adieu. » La pauvre
enfant était désespérée sur son lit
quand elle entendit rouler la voiture
qui emportait l'objet et la protectrice
de son amour, et il se passa plus d'un
jour avant que les caresses de sa
mère et un billet de son amant, que
dona Elvira lui fit passer, pussent

lui donner la force de quitter son appartement. Son espoir recommençait même à chanceler, et dona Ximena elle-même ne pouvait s'expliquer le long silence de sa sœur, lorsqu'un soir on annonça à don Melchior un étranger qui lui demandait une audience secrète. Le châtelain s'emferma avec lui dans la salle de ses ancêtres, c'est ainsi qu'il nommait une chambre enfumée où se trouvaient les portraits de ses aïeux, barbouillés sur une grande planche divisée en trente-deux quartiers. La conférence secrète durait depuis plus de trois heures, lorsque don Melchior, la figure rayonnante de joie, vint trouver sa femme pour lui intimer l'ordre de fêter de son mieux cet hôte inconnu. « Peut-on demander qui il est ? » répondit Ximena. « C'est un homme extraordinaire qui commande à l'empire des morts, et qui complétera mon arbre généalogique au moyen d'une opération cabalistique. Dans ce moment il est occupé à évoquer un de ses esprits familiers qui lui désignera le jour solennel où, mettant fin à mes pénibles recherches, il me déclarera le plus ancien hidalgo du monde chrétien.» Ximena, quoique bien convaincue que son mari venait d'être pris dans les filets d'un fripon, n'osa cependant hasarder une seule observation, et lui promit d'exécuter ses ordres. Ce ne fut qu'au bout d'une heure que le thaumaturge daigna rappeler le châtelain pour lui déclarer d'un air mystérieux que la grande révélation aurait lieu dans neuf jours. Don Melchior conduisit alors son hôte dans la salle à manger, où les attendaient depuis long-temps son épouse et sa

fille. Quelque violence que se fît
dona Ximena pour recevoir le magicien avec amitié, elle ne put cependant réprimer quelques regards de
mépris qui n'échappèrent pas à l'œil
perçant de celui-ci. Le châtelain se
souvint au dîner qu'il avait oublié
de montrer à don Merlino (c'était le
nom de l'étranger), son cachet de
famille, qui datait de mille ans, et
représentait, sur un champ d'azur,
l'étoile qui jadis avait servi de guide
aux trois mages. Il se leva précipitamment pour le chercher. A peine
eut-il quitté le salon que Merlino
remit à Ximena un petit billet en lui
disant : « C'est de la part de dona Elvira. » Ce supplément verbal était nécessaire, car dona Ximena avait déjà
fait un geste pour repousser la main
du fripon supposé. L'empressé châtelain revint si vite qu'elle eut à peine

le temps de serrer la lettre et d'a-
dresser à demi-voix au porteur quelques mots d'excuse. Melchior, en
entrant, tenait son cachet sur sa poitrine comme une relique ; il mit aussitôt en question si l'étoile des trois
mages avait été une planète, une co-
mète ou une étoile fixe. L'astrologue
se décida pour la dernière, et son
élève l'approuva par la raison que
l'étoile figurée sur son cachet n'avait
ni barbe ni queue. Dona Ximena et
sa fille firent tous leurs efforts pour
cacher la transition subite de la tristesse à la joie qu'elles venaient d'é-
prouver, et elles se retirèrent dès
que l'on eut desservi, pour aller lire
le billet de dona Elvira. Il était ainsi
conçu : « Avant que d'exposer ton
» époux à devenir l'objet de la risée
» publique, en le forçant, par une
» décision juridique, à faire le bon-

» heur de sa fille, nous allons essayer
» un moyen qui, flattant sa folie,
» pourra nous conduire plus sûre-
» ment à notre but. La personne qui
» te remettra ce billet mérite toute
» ta confiance. Garde-toi d'apporter
» aucune entrave à l'exécution de
» ses projets; il se charge du reste.
» Tâche au surplus d'avoir avec lui
» un entretien particulier. »

ELVIRA.

Ce dernier point n'était pas chose
aisée. Il était déjà minuit, et la mère
et la fille cherchaient encore comment
elles pourraient parler en secret à Merlino, lorsque Blanca, qui s'était par
hasard approchée de la croisée, aperçut le devin dans le jardin. Elles de-
vinèrent ses intentions, et descendi-
rent doucement par un escalier dé-

robé qui se trouvait loin de la chambre du châtelain. Merlino vint au-devant d'elles, et elles le conduisirent dans un bosquet que le printemps commençait à couvrir du chèvre-feuille odoriférant. « Je partirai demain, noble dame, et je reviendrai dans neuf jours avec un compagnon qu'il faudra cacher dans l'alcove de la salle des ancêtres : vous pourrez le faire pendant la conférence que j'aurai dans un autre lieu avec don Melchior. Prenez courage, tout ira selon nos souhaits. A ces mots le magicien prit congé, et les dames retournèrent dans leur appartement. Il partit le lendemain, et le châtelain lui recommanda au moins dix fois de ne pas dépasser d'un instant le terme fixé pour son retour. Dans l'intervalle, les habitans du castel jouissaient d'une douce satisfaction. Le châte-

lain se berçait de l'espoir flatteur de
pouvoir, après tant d'années em-
ployées à d'inutiles recherches, consommer enfin l'œuvre de sa généa-
logie, qui était pour lui la pierre
philosophale. Les dames, et Blanca
surtout, trouvaient dans les prédic-
tions du sorcier un aliment d'autant
plus séduisant pour leur imagination
que le mystère dont il s'enveloppait
devait, à lui seul, stimuler au plus
haut degré leur curiosité nouvelle.

Lorsqu'arriva le jour solennel qui
devait ramener Merlino, le châtelain
se tint toute la journée aux aguets à
une lucarne de son grenier, d'où l'on
découvrait le chemin qui conduisait
de la forêt au castel. Mais la nuit vint
sans qu'il eut rien aperçu; depuis
une heure le vieux gentilhomme
avait abandonné son poste avec un
mécontentement douloureux, lors-

que trois coups frappés à la porte co-
chère lui annoncèrent l'arrivée de
son hôte. Melchior le reçut avec les
égards d'un client, et voulut le conduire dans la salle de ses ancêtres :
« Non, puissant seigneur, répondit
le magicien ; avant que l'heure à laquelle doit commencer la conjuration
ait sonné, nous ne pouvons entrer
dans le lieu que vos aïeux ont choisi
pour vous apparaître. Il faut que
nous attendions ce moment sans lumière et dans une chambre placée
au levant. Le châtelain le conduisit
dans son cabinet qui se trouvait au
côté tout opposé de la salle, et Merlino l'y entretint, d'un ton dogmati-
que, du grand et magnifique spectacle dont il allait être témoin, et du
silence religieux qu'il devait, sous
peine de vie, observer pendant toute
cette scène.

Pendant ce temps, les dames
guettèrent l'arrivée de son compagnon qui ne se fit pas attendre. C'était
un homme noir, portant une longue
barbe, chargé d'une caisse, et tenant
dans ses mains une petite sonnette
avec laquelle il était convenu qu'il
donnerait le signal. Dona Ximena lui
ouvrit la porte, et Blanca le précéda
avec une lanterne sourde pour lui
montrer le chemin de la salle des
ancêtres. L'étranger ne proféra pas
un mot avant que d'y être arrivé;
mais alors il arracha sa barbe et se
précipita aux genoux de dona Blanca, et dit aux dames effrayées : « L'entêtement de don Melchior me force
à employer une ruse que je ne me
serais jamais permise, si je n'osais me
flatter qu'en réalisant mes vœux, elle
fera le bonheur de mon amante et
celui de son estimable mère. Par-

donnez-moi cet orgueil, madame,
dit-il à dona Ximena; j'espère le
justifier, du moins en partie, avant
qu'il fasse encore une fois nuit.
Maintenant, et avant tout, il faut
que je m'occupe de mes préparatifs. »
Don Diégo fut conduit dans l'alcôve,
et il demanda quelques bougies, ainsi
que la lanterne sourde avec laquelle
dona Blanca venait de l'éclairer.
Pendant qu'il déballait sa caisse, il
raconta aux dames que Merlino était
un savant peintre italien qu'il avait
amené de Madrid à Léon, et qu'il
avait, du consentement de dona Elvira, fait confident de son amour;
que cet artiste était l'auteur du plan
qu'ils allaient mettre à exécution, et
dont ils faisaient ensemble, depuis
huit jours, les préparatifs à une métairie voisine, appartenant à dona
Elvira. « Tâchez, leur dit-il en finis-

sant, d'obtenir du châtelain la permission d'assister à la conjuration.
Vous connaissez les sorciers, et il
serait inutile de vous protester que
tout se passera très-naturellement. »
Alors les dames quittèrent la salle,
et bientôt le châtelain, accompagné
de Merlino, vint les trouver dans son
appartement où les attendait une
collation et une bouteille de vin de
Malvoisie sur laquelle Blanca avait
eu soin de prélever la part de son
amant. Le repas fut court ; don
Melchior remua constamment sur sa
chaise, et Merlino parla et mangea
peu, ainsi qu'il convient à un homme qui va communiquer avec les esprits de l'autre monde. Lorsqu'on se
fut levé de table, dona Ximena se
hasarda à lui demander la permission
d'assister à l'opération magique dont
son époux, depuis son départ, lui avait

fait concevoir une si haute espérance. Le châtelain secoua la tête. « Les femmes, répondit-il, peuvent bien se faire raconter de pareilles choses, mais ne doivent pas les voir de leurs propres yeux. » Merlino garda un instant le silence, puis il dit d'un ton magistral : « Don Melchior, vos ancêtres sont aussi les ancêtres de votre fille ; il sera bon de pénétrer son jeune cœur de la splendeur sérénissime de son origine, et de le prémunir ainsi contre toute affection indigne d'elle. — Bravo ! mon docte ami, reprit le châtelain, qui prit cette sentence pour un véritable oracle : il n'y aura pas de mal non plus que sa mère reçoive de mes illustres ancêtres une leçon que, depuis quelque temps, je m'efforce en vain de lui inculquer. » A ces mots, il saisit un flambeau et, bouillant d'impatience, il se rendit à la salle mystique, où la société le suivit. « Il manque encore quelque chose ici, dit Merlino; Il est de la nature des esprits de cheminer le long des murs; ils aiment la couleur blanche, et ce mur rembruni obscurcirait l'éclat de ces ombres vénérables. Il faut qu'il soit recouvert d'un linge blanc. » Aussitôt le châtelain ordonna à son épouse d'aller chercher les draps de toile de Flandre qui lui avaient servi la première nuit de ses noces, et en peu d'instans le mur en fut tapissé. Merlino commença à tirer de son sac de voyage un papier coupé en forme de cercle, sur lequel étaient peints les douze signes du zodiaque; il l'étendit par terre, et ordonna au châtelain de se placer au milieu. Il fit asseoir les dames à quelque distance de là, et fit tenir à chacune le

bout d'un ruban vert sur lequel il
avait auparavant peint quelques caractères. La curieuse Blanca voulut
le regarder de plus près, et y lut ces
mots : *Vive Blanca de Castro*. Si
en ce moment le magicien n'eût pas
éteint la lumière, le châtelain eût
pu remarquer la joie indicible qui
venait, comme un éclair, de se ré-
pandre sur son visage. Alors Merlino commande de nouveau le silence
à toute la société, tourne trois fois
autour du cercle dans lequel était
placé le châtelain, frappe trois fois
la terre de sa baguette noire, et s'é-
crie d'une voix solennelle : « *Ariel*,
mon ange familier, je t'ordonne de
faire passer les ombres des illustres
ancêtres de la maison de Souza devant les yeux de leur petit-fils. » A
peine eut-il prononcé ces paroles,
que le châtelain fut saisi d'un éton-

nement qui eût paralysé sa langue
quand même il eût eu la permission
de s'en servir : il vit paraître sur le
mur blanc la figure de son père, armé de pied en cap, tel qu'il était re-
présenté sur son tableau de famille.
La ressemblance était si frappante,
que dona Ximena elle-même, qui
avait encore connu son beau-père,
toute prévenue qu'elle était de la su-
percherie, put à peine retenir un
cri de surprise. C'est ainsi qu'en
moins d'une demi-heure les dix Melchior et les autres héros des trente-
deux quartiers apparurent aux spec-
tateurs étonnés, si ressemblans aux
portraits du tableau de famille, qu'on
eût juré que ceux-ci avaient reçu
l'âme et la vie.

Les transports et l'enchantement
du châtelain augmentaient à mesure
que les héros de sa race sortaient de

la profondeur de leur antiquité. A
l'apparition du contemporain du roi
Pélage, avide de contempler des
aïeux encore inconnus, il se frottait
les yeux à en perdre la vue. Le premier qui parut était en costume de
sarrasin; un turban couvrait sa tête;
une croix d'or brillait sur sa poitrine,
et son bras portait un bouclier d'a-
zur sur lequel était écrit en caractères de feu : *Mahumed*, et plus
bas, *Pedro, premier chevalier chrétien de Souza.*

Don Melchior resta pétrifié. « Sainte Vierge, dit-il entre ses dents, moi
le descendant d'un mécréant ! » Merlino ordonna à son esprit invisible de
prendre note du nom de ce héros,
ainsi que des autres aïeux qui allaient
le suivre. Après lui parurent encore
trois magnats sarrasins, portant leurs
noms sur leurs écussons. Ensuite,

on vit deux ombres fraternelles, dont
la figure et le costume étaient absolument semblables. Ils s'appelaient
Osmin et Abdul, et se tenaient étroi-
tement enlacés, comme si un bras
invisible se fût efforcé de les séparer. Leur front était soucieux, et
leurs yeux sévères paraissaient lan-
cer de sombres regards sur le châtelain. Le pauvre homme commença
à avoir peur, et sa frayeur fut au
comble, lorsque le groupe des jumeaux, s'arrêtant devant lui, semblait ne plus vouloir quitter la place.
Le magicien prenant alors la parole,
leur dit : « Je vous adjure de retourner dans l'empire des morts, et de
découvrir votre chagrin à mon serviteur Ariel. » Les ombres baissè-
rent la tête et disparurent. Leur père
était le dernier qui portât sur son
front le signe de Mahomet.

La scène changea ; les ombres qui
suivaient étaient vêtues de longues
robes blanches, à la manière des
Perses, avec des ceintures d'or, enfin dans le costume que l'on donne
ordinairement aux mages. Deux
d'entre eux, Orobazès et Fraortès,
avaient le front ceint du bandeau qui
ceignait le front des enfans royaux
de l'antiquité. Enfin l'on vit apparaître un vieillard-roi, en robe de
pourpre et la couronne sur la tête.
Il tenait dans sa main gauche un
vase rempli d'or et de parfums ; dans
sa droite, un sceptre, au-dessus duquel étincelait une étoile ardente de
clarté. Sur sa large ceinture d'argent on lisait en lettres d'or : *Mel-*
chior, premier prince de Souza.
Melchior douzième voulut sauter
hors de son cercle pour se précipiter
aux pieds de son auguste aïeul ; mais

celui-ci fit avec son sceptre un mouvement comme pour le repousser, et
lui lança un regard si menaçant que
le pauvre châtelain en frémit de peur.
« Ne le punis point, ombre offensée!
s'écria Merlino, ne punis pas ton
petit-fils; enseigne-lui plutôt comment il pourra réparer la faute que
son ignorance lui a fait commettre. »
L'ombre disparut et revint un instant après. Il avait déposé son vase
et son sceptre. Il conduisait, de sa
main droite, un beau jeune homme
portant une armure de chevalier; de
sa main gauche, il tenait une jeune
vierge parée comme la fiancée d'un
prince. Ce groupe parut d'abord dans
un fond obscur; tout-à-coup il fut
entouré d'une auréole resplendis-
sante. Le châtelain frappa des mains
d'étonnement; les dames jetèrent un
cri; un grand coup de tonnerre se

fit entendre dans l'alcôve, et les ombres disparurent.

Tous les assistans avaient reconnu dans le jeune chevalier les traits de don Diégo, et dans la jeune fiancée, l'image vivante de dona Blanca. « Tout est fini, dit Merlino. Seigneur châtelain, vous pouvez sortir de votre cercle; et vous, nobles dames, rendez-moi votre ruban vert. Il faut que vous quittiez tous ces appartemens, où je dois rester seul pour adjurer mon serviteur Ariel de me remettre la liste demandée. Avant de sortir de son cercle, don Melchior fit trois signes de croix, et s'achemina, à travers l'obscurité, avec sa femme et sa fille, dans la salle à manger, où le magicien avait laissé une lampe allumée. Un quart-d'heure après il vint les rejoindre, et remit au châtelain un parchemin bleu de ciel,

entouré d'une guirlande d'étoiles, et
sur lequel étaient inscrits, en lettres
d'or, tous les noms qui composaient
le supplément de son arbre généalogique. Les frères jumeaux, Osmin
et Abdal, étaient réunis par une ac-
colade, et derrière leurs noms était
écrit : *Ils furent les souches des
deux branches de Castro et de
Souza, dont une main ennemie
veut empêcher la nouvelle réunion.*
Le rejeton de Souza devint muet à
la lecture de cette note marginale.
Merlino n'eut pas l'air de s'en apercevoir, et lui ordonna de serrer soigneusement le parchemin. Le châtelain le renferma, avec son cachet
de famille, dans un coffre de fer
placé dans une pièce voisine, et qui,
depuis nombre d'années, avait cessé
de servir d'asile à des ducats ou à des
piastres. « Minuit est sonné, dit

Merlino, il est temps de prendre du repos. » Les dames se rendirent dans leur appartement. Don Melchior se jeta tout habillé sur son lit, pour ré-fléchir sur les grandes révélations qui absorbaient son esprit. Le magi-cien retourna dans la salle des ancê-tres, délivrer de prison son compa-gnon avec sa caisse merveilleuse, et le conduire à la petite porte du cas-tel, près de laquelle deux domesti-ques de Diégo attendaient son re-tour, cachés dans un buisson.

Quand bien même le cerveau du chevalier Melchior de Souza eût été mieux organisé qu'il ne l'était réellement, il se fût épuisé en vains efforts pour trouver la clef des pro-diges que venait d'opérer Merlino. Celui-ci, lors de sa première visite, à l'aide d'un secret qui n'en est plus un aujourd'hui, prit l'empreinte du

tableau généalogique des Melchior,
dont il avait ensuite copié chaque
figure sur du verre. Il en fit de même
du portrait de don Diégo et de dona
Blanca, que sa tante avait fait peindre, dès son arrivée à Léon, par un
artiste habile. La lanterne magique
qui servait à représenter ces figures
était alors peu connue en Espagne,
surtout dans les provinces; et si Merlino et son illustre compagnon eussent pratiqué leurs opérations magi-
ques dans une auberge de village, ou
au marché d'une petite ville, ils se-
raient infailliblement tombés comme
sorciers dans les griffes de la sainte
inquisition.

Le châtelain passa toute la nuit
dans des méditations profondes. Son
origine mauresque le tracassait infiniment, et il était obligé, pour s'en
consoler, de se représenter sans cesse

l'auteur de sa race la couronne sur le front et son sceptre à la main. Il ne pouvait non plus se faire à l'idée d'une alliance avec la maison de Castro. Car, se disait-il, je suis toujours plus vieux chrétien qu'eux, et ils ont porté le turban plusieurs siècles après mes ancêtres.

Pendant ces réflexions arriva le moment du déjeuner, dont il se souvenait toujours, même au milieu de ses pensées généalogiques. Il venait de prendre place à table avec les dames et Merlino, lorsqu'un bruit soudain, qui partait de la cour, le fit lever; il court à la porte; il l'ouvre, et il voit entrer un officier de justice avec quatre alguasils, qui l'arrêtèrent au nom de la loi. La patience d'un de ses créanciers, auquel il devait cinq cents ducats, s'était enfin épuisée; il venait d'obtenir une

contrainte par corps contre lui, ainsi
que la saisie de tous ses biens, meubles et immeubles. L'officier de justice, qui ne trouva rien à saisir dans
la salle à manger, se rendit dans la
pièce attenante, où le coffre de fer
frappa d'abord ses regards; il espérait y trouver du comptant, et ordonna au châtelain de l'ouvrir. Le
cachet de famille et la liste des Souza furent les seuls trésors qu'il y
trouva, et que provisoirement il déclara de bonne prise. Lorsque don
Melchior vit l'homme noir s'emparer
de ces deux reliques, il entra dans
une telle fureur, qu'il ne fallut pas
moins que l'assistance des quatre alguasils pour l'empêcher d'étrangler
le ravisseur judiciaire. De son côté,
Merlino avait assez à faire; il cherchait à consoler les dames par l'assurance d'un prompt secours. Sa pro -

phétie s'accomplit : au moment où
le fier châtelain reprochait avec la
plus grande véhémence aux suppôts
de Thémis d'oser manquer ainsi à un
arrière-petit-fils d'un des trois mages,
Diégo, moitié Mars, moitié Amour,
entra dans la salle. « Retirez-vous, dit-
il à la bande maudite, don Melchior
n'a plus d'autre créancier que moi ;
voici l'acte qui prouve que j'ai acquit-
té toutes ses dettes. » L'officier de
justice lit le titre, fait une profonde
révérence, et se retire avec ses re-
cors. Les dames reçurent leur libérateur avec les marques les plus vives de reconnaissance ; Merlino le
salua très-respectueusement comme
s'il ne l'avait vu de sa vie ; le châtelain seul restait interdit sans savoir
quel parti prendre. Diégo ne lui laissa pas le temps de faire de longues
réflexions : «Don Melchior, lui dit-il,

voici un titre que je vous prie de serrer jusqu'à ce que je vous le redemande.» Le cœur du châtelain se fendit à ces paroles : «Par St. Jacques! s'écria-t-il, ce trait fait de vous un vieux chrétien ; vous aurez ma Blanca ; je vous la donnerais quand même notre commun auteur ne me l'eût pas ordonné ; mais il faut que vous preniez le nom de Souza ; c'est un nom qui ne doit jamais s'éteindre. Don Diégo accepta cette condition, et Blanca lui tendit sa main, le sourire de la pudeur sur les lèvres. Diégo lui mit au doigt le plus beau diamant qui, depuis Melchior premier, eût paré la main d'un membre de la famille de Souza. Le jour des noces, Merlino offrit au jeune couple un tableau représentant le royal pélerin joignant les mains de ses deux descendans ; et le châtelain jura, par tous les saints, que son sérénissime aïeul ressemblait trait pour trait à celui qui lui était apparu lors de la fameuse conjuration. Il lui fit présent, en retour, d'une empreinte en cire verte de ses armoiries, à laquelle le nouvel époux ajouta cent empreintes des armoiries de Castille, renfermées dans une bourse tissue par les doigts de rose de sa chère Blanca.

Les noces furent célébrées chez dona Elvira : elle abandonna toute sa fortune à sa nièce, en ne se réservant que le droit de passer le reste de ses jours au milieu de ses enfans adoptifs.

CHARIBERT ET ADELGONDE.

ANCIENNE TRADITION.

———◦———

Dans une des riantes vallées des Vosges, où serpente un ruisseau abondant en truites, on voit au pied d'un rocher une petite grotte qui servait de retraite à Charibert, le pieux ermite. A l'entrée de cette grotte, il cultivait un petit jardin ombragé de quelques arbres fruitiers ; ses plattes-bandes, où il avait planté des racines succulentes et des herbes salutaires, étaient bordées de violettes odoriférantes. Le chèvrefeuille vivace tapissait l'entrée de la grotte qui recelait un petit autel de granit; dans une niche vis-à-vis de cet autel, se trouvait un lit de mousse, couvert d'une natte de jonc. Au devant du petit jardin, on voyait un bloc de pierre grise, à moitié façonné pour représenter un ermite à genoux, portant ses tristes regards vers un couvent de religieuses (1) situé à une petite distance et en regard de l'ermitage. C'était là que Charibert, assis sur le gazon, le dos appuyé contre cette statue encore imparfaite, se reposait dans la méditation d'un long travail. Un ciseau et un maillet étaient à côté de lui, son bras soutenait sa tête blanchie,

(1) Le couvent d'Alspach, non loin de l'ancienne ville impériale de Kaysersberg, en Alsace.

et les derniers rayons de la lumière, frappant sur son front pâle et soucieux, le coloraient d'une rougeur inaccoutumée.

Bientôt, des hauteurs couronnées par des forêts, il vit descendre une jeune pélerine. Son céleste visage annonçait une martyre prête à consommer son sacrifice. On y voyait encore les traces de ses souffrances ; mais elles se confondaient dans l'éclat de sa prochaine gloire céleste.

« Que Dieu vous bénisse! dit-elle à l'ermite lorsqu'elle passa près de lui.» « Que Dieu vous le rende! belle pélerine, répondit Charibert ; où votre dévotion conduit-elle vos pas ? »

Elle. Au couvent.

Charibert. Au couvent ! ce n'est pas apparemment pour y rester ?

Elle. Pourquoi pas? la paix règne dans ses murs.

Charibert. Et trop souvent la douleur.

Elle. En ce cas , j'y trouverai des
sœurs.

Charibert. Tu es malheureuse,
mon enfant? Place-toi à mes côtés,
et conte-moi ta peine ; ce n'est que
dans une heure que l'on fermera les
portes du couvent ; consacre-moi
cette heure, et si je ne puis te consoler , je pourrai au moins te donner
des avis. La belle Hildegarde jeta sur
l'ermite un regard bienveillant, quoique sérieux , et dit en se plaçant à
côté de lui sur l'herbe : « Dieu seul
peut me consoler, et c'est là que
j'attends ses consolations. Le récit
de mes maux vous convaincra, mon
père , que les hommes ne sauraient
les soulager.

« Je suis la fille d'un chevalier qui
habitait , au-delà de ces montagnes,

le castel de ses pères. Je perdis de bonne heure mes parens, dont j'étais l'unique enfant. Thiou, jeune chevalier, plus noble par ses vertus que par sa naissance, demanda ma main ; il avait déjà mon cœur, et il le savait. Le fils de mon tuteur voulut me disputer à lui. La force était le seul avantage qu'avait sur lui ce misérable. Deux jours avant notre mariage, il le provoqua en duel, et le tua. Maintenant, bon père, voulez-vous encore entreprendre de me consoler ? »

Charibert. Non, ma fille, je ne le pourrais pas ; mais je puis envier le sort de ton fiancé, car il mourut pour son amante. Ah ! je ne le pouvais pas, moi. Ecoute à ton tour l'histoire de mes malheurs. Tu verras, ma fille, que les combats qu'il faut livrer à ses passions sont bien plus pénibles que la perte même de l'objet aimé , et que l'épreuve d'une douleur toujours nouvelle est plus cruelle mille fois que les plus cuisans regrets. Puisse la comparaison de nos maux t'aider à supporter les tiens !

» Cette tête grise était aussi autrefois parée d'un casque de chevalier, et plus d'une fois mon épée a protégé l'innocence ; mais ce même cœur qui ne connaissait aucun danger , s'amollit au premier *regard* de la charmante Adelgonde. Ah ! c'était une des plus belles fleurs du jardin de Dieu , et son âme......, si jamais un ange t'est apparu en songe , tu as vu l'image de son âme qui se peignait tout entière sur son céleste front et dans ses yeux bleus d'une douceur angélique. Je la vis pour la première fois aux noces de mon frère d'armes, du comte de Ferrette , qui allait épouser sa sœur aînée. Adelgonde venait alors de quitter ce couvent , où elle avait été élevée par sa tante qui en était l'abbesse. Son père avait résolu de lui faire prendre le voile ; il n'avait pas de fils , et des- tinait tous ses biens à son gendre. L'ambition qui remplissait toute son âme , n'y avait laissé de place pour aucun autre sentiment de la nature. Adelgonde ne connaissait d'autre vocation que le couvent , et si sa tendre mère ne l'avait demandée pour quelques mois, elle n'eût pro- bablement jamais quitté ses murs.

» Le sort m'avait désigné pour son chevalier pendant les fêtes de la noce. Je n'aurais pas cédé cet hon- neur pour la plus belle couronne. Je servis Adelgonde avec l'empresse- ment le plus tendre; mais elle ne

parut y faire attention ni au repas
ni à la danse. Ses yeux ne répon-
daient pas à mes regards, ni sa
main aux pressions de la mienne.
Je reçus d'elle le prix de la joûte, et
en baisant sa main, je la sentis trem-
bler : la couleur de l'aurore se répandit sur son visage ; mais un moment après, elle paraissait aussi froide
qu'auparavant. Chevaliers et écuyers,
tous s'empressaient autour d'elle,
tous enviaient mon sort ; mais aucun
ne fut plus heureux que moi. L'in-
différence d'Adelgonde envers mes
rivaux nourrissait mon espoir. Les
jours suivans j'allai souvent la visiter ; elle me recevait toujours avec
amitié ; mais je ne dus pas m'en pré-
valoir : cette charmante fille ne pouvait recevoir personne d'une autre
manière. Je m'adressai à sa mère,
noble et excellente femme, qui

gémissait sous le joug d'un époux hautain, dur et impérieux. Je lui fis part de mes sentimens et de mes vœux. Mon nom et ma fortune pouvant excuser ma démarche, je fus écouté avec bonté. Je me tus, et attendis sa réponse avec un vif abattement de cœur. Bertha garda également le silence; mais une larme que je vis briller dans ses yeux me fit pressentir mon malheur. Elle rassembla enfin toutes ses forces : « Seigneur chevalier, me dit-elle, si vous aimez le repos de ma fille et le mien, renoncez à un espoir qui ne me cause de peine que parce que je ne puis pas le réaliser. Adelgonde est destinée au culte des autels et l'innocente, la pieuse enfant s'est jusqu'ici résignée volontairement à son sort ; il deviendrait pour elle un tourment affreux si un homme trouvait le chemin de son cœur. Si vous pouvez déterminer mon époux, seigneur chevalier.... Mais j'en ai déjà trop dit; car je sais que sa résolution est irrévocable. »

« Cette réponse abattit mon espoir, sans cependant le détruire. Je résolus de faire une tentative auprès du père. Comme l'ami de son gendre, il me souffrait chez lui, mais sans m'aimer. Je voulus lui parler bien des fois, mais je ne le trouvai jamais seul, et lorsque je rencontrais sa fille auprès de lui, elle me faisait oublier le sujet de ma visite. Il me semblait que je me rapprochais toujours davantage de son cœur, et je redoutais une démarche qui pouvait me séparer d'elle à jamais. Je me rendis un jour au castel. Bertha me dit que son époux et sa fille étaient au jardin. Je m'y rendis, et ne trouvai qu'Adelgonde, car on avait appelé son père. Assise à l'ombre d'un épais feuillage, sur un banc de gazon, elle donnait à manger à une nichée de petits oiseaux qui voltigeaient autour d'elle en l'amusant de leur joyeux gazouillement; elle les avait élevés à la becquée et les avait apprivoisés. Mon arrivée même ne fit pas fuir ces petites créatures familières, mais elle effraya Adelgonde. Je m'assis à ses côtés, en lui demandant la permission de partager avec elle son aimable occupation. »

Ici Charibert s'arrêta, ses yeux s'obscurcirent, son cœur battit avec violence. « Epargne-moi, ma malheureuse amie, épargne-moi un récit qui serait un tourment pour tous les deux. Je me contenterai de te dire que près d'Adelgonde j'oubliai la prière que m'avait faite sa mère :

je lui ouvris mon cœur, et je lus dans
le sien. Ces doux instans où nos
cœurs s'épanchaient furent les seuls
où je connus le bonheur. Mon Adelgonde m'autorisa d'une voix craintive à solliciter sa main auprès de son
père. Je me jetai à ses genoux en
lui jurant une éternelle fidélité. Un
petit bruit que nous entendîmes me fit
relever. Adelgonde pâlit, et, d'une
main tremblante, me fit signe de m'é-
loigner. J'obéis. Mes pas errans me
conduisirent dans un berceau, et j'y
trouvai son père; il jeta sur moi un
regard farouche; la colère et la rage
se lisaient sur chaque repli de son
front. « Je sais ce qui vous amène,
me dit-il d'une voix altérée par la fureur, mais écoutez ma réponse : le
jour où vous reparaîtrez à mon castel, je reléguerai pour la vie Adelgonde dans un couvent. » Alors il se

détourna brusquement, et me laissa muet et immobile d'effroi. Je revins enfin de mon anéantissement, mais c'était seulement pour me livrer au désespoir et au sentiment de mon honneur blessé. Le désir de la vengeance bouillonnait dans mon sein, mais l'amour l'y étouffait. Je quittai lentement ce lieu de béatitude et de damnation, mais je n'emportai dans mon cœur que les tourmens des damnés. Toutes mes espérances étaient détruites; je n'eus pas la force de supporter mon sort, je ne pouvais me supporter moi-même. Je n'osais plus approcher d'Adelgonde; je lui écrivis, et lui réitérai mes saintes promesses; mais les précautions que j'avais prises pour lui faire parvenir ce gage de ma fidélité, furent sans succès. Ma lettre fut interceptée, et mon amante enfermée dans ce couvent.

Je me considérai comme l'auteur
de ce malheur. Une tentative que je
fis pour l'enlever ne me réussit pas,
et ne servit qu'à augmenter la rage
de mon ennemi. Il vint m'assiéger
dans mon castel; son gendre m'aida
à prendre la fuite. La mort pouvait
seule me délivrer de mes tourmens;
je la cherchai dans les combats, et
n'y trouvai que des blessures et des
fers. Au bout de deux ans, je par-
vins à les rompre, et je revins dans
ma patrie sous les habits de pélerin.
Je m'approchai de ces murs, et je
frappai à cette porte redoutable pour
demander une aumône; la tourière
me donna un pain et me fit boire. Je
lui fis quelques questions, et j'appris
que, depuis plus d'un an, Adelgonde
avait pris le voile. La nouvelle de
ma mort, qui s'était répandue partout le pays, avait accéléré sa réso-

lution. Il eût été cruel à moi de détruire cette erreur. J'étais déjà mort
au monde, et il ne me restait d'autre
parti à prendre que de m'enterrer à
côté de mon amante. Là, devant sa
prison, je me bâtis cette cellule, d'où
je puis sans cesse contempler la sienne. Elle observait souvent les tra-
vaux du nouvel ermite sans le reconnaître ; mais mon cœur et mes yeux
la reconnurent aisément. Au bout
de trois ans seulement, et après que
le nom du père Antoine fut devenu
cher aux habitans du couvent, je
risquai d'aller visiter son église. Ma
barbe et la mauvaise nourriture a-
vaient rendu ma figure méconnais-
sable. Je vis mon Adelgonde dans le
chœur : je la vis, belle comme une
élue, chanter les saintes hymnes ; ses
yeux étaient constamment fixés sur
moi, et le psaume expira sur ses lè-

vres. Je m'en aperçus; mes jambes
tremblèrent, et j'eus à peine la force
de m'éloigner. Ce ne fut qu'au bout
de cinq années que je retournai à
l'église du couvent. J'étais devenu
un tout autre homme; une force supérieure avait purifié et fortifié mon
âme. Je pouvais voir Adelgonde
sans tressaillir; je l'aimais encore,
mais ainsi qu'on aime un ange. J'eus
même un jour le courage de la faire
demander au parloir. Je me décou-
vris à elle; nous répandîmes des larmes tout à la fois douces et amères.
Adelgonde, ma sœur, lui dis-je, je
respire depuis huit ans le même air
que toi, il alimente l'amour que je
te porte; mais cet amour n'est plus
ce qu'il était autrefois, il est changé
en un sentiment élevé, céleste, qui
ne doit pas te faire rougir, et qui
m'accompagnera dans le monde où

nous ne serons séparés ni par des murailles ni par des grilles. Pense à moi lorsque la cloche solennelle de minuit t'appellera au sanctuaire, je penserai aussi alors à toi, et montre-toi à la fenêtre de ta cellule à l'heure de midi, nos regards s'y rencontreront tous les jours. Mais ce ne sera qu'une seule fois dans l'année que je viendrai te voir ici. Elle passa un de ses doigts à travers la grille; j'y imprimai mes lèvres, je le mouillai de mes larmes.

» Voilà déjà plus de vingt années que nous vivons ainsi. Dans cet intervalle, Adelgonde est devenue abbesse du couvent, que ses vertus ont transformé en un paradis. Ses sœurs la révèrent comme une sainte, et les pauvres comme une divinité. Personne ne connaît notre secret que toi, aimable pélerine; tes souffrances

te rendent digne de le connaître, et
de trouver dans Adelgonde un ange
de consolation. Elle le deviendra
lorsque tu l'auras fait lire dans ton
cœur, et que tu lui auras dit que je
t'ai fait lire dans le mien. Dis-lui alors
aussi qu'après ma mort, qu'après des
siècles encore, je continuerai le travail qui est pour moi le plus doux de
ma vie. Vois-tu cette pierre (1) qui
t'offre l'image ébauchée d'un ermite?
vois-tu comme ses yeux sont fixés
vers la fenêtre d'où les regards d'A-
delgonde les ont rencontrés encore
aujourd'hui? Lorsque j'aurai achevé
cette figure, il ne me restera plus
qu'un seul travail à faire..... celui de
creuser ma tombe. Ma dépouille doit
reposer au pied de cette figure, et

---

(1) Cette statue fut détruite par le ven-
dalisme en 1793.

je charge Adelgonde du soin de la couvrir de terre. Dis-lui cela, ma fille, mais ne le lui dis que lorsque la petite clochette suspendue à l'entrée de ia grotte, et que je fais sonner à chaque heure de midi, sera restée muette. Alors mon pélerinage sera achevé, la clepsydre de ma vie sera écoulée. »

Charibert se tut, et Hildegarde serra avec reconnaissance sa main droite dans la sienne. Il la posa sur sa tête, et lui donna sa bénédiction. Alors, d'un pas lent et solennel, elle s'avança vers le couvent, dont le crépuscule avait déjà couvert le sommet de la tour. Adelgonde la reçut comme sa fille, et bientôt elle fut son amie. Leurs âmes étaient les seules qui s'entendissent . elles n'avaient pas besoin de se faire part de leurs sensations ; chacune trouva les

I .   23

siennes dans le sein de son amie.

Trois années après, au jour de l'Ascension, la petite clochette de la grotte de Charibert resta muette. Adelgonde s'en aperçut la première : « Il m'a précédé, dit-elle à son amie; à minuit, lorsque les sœurs seront assemblées au chœur, tu me suivras dans sa cellule. Cette heure imposante sonna, et Hildegarde accompagna Adelgonde avec une lampe dont la lueur pâle se répandait comme le regard du mourant à travers les ombres de la mort. Elles trouvèrent le corps de Charibert couché sur son lit, les mains jointes; ses yeux étaient fermés, mais sur son front siégeait visiblement la paix de Dieu. Elles donnèrent des larmes à leur ami, et le déposèrent dans la tombe qu'il attendait depuis longtemps. Hildegarde saisit la bêche

qu'elle voyait dans la cellule, et couvrit de terre le cadavre. Elle trans-
planta sur la tombe les violettes qui
bordaient le petit jardin ; elles prirent racine et couvrirent la fosse d'un
tapis bleu. Long-temps après leur
parfum charmait encore le voyageur
qui venait se reposer près de ce saint
asile, et le printemps suivant, lorsque Adelgonde rendit le dernier soupir dans les bras de Hildegarde, celle-
ci para le sein de la bienheureuse
d'un bouquet de ces violettes.

FIN DU PREMIER VOLUME.

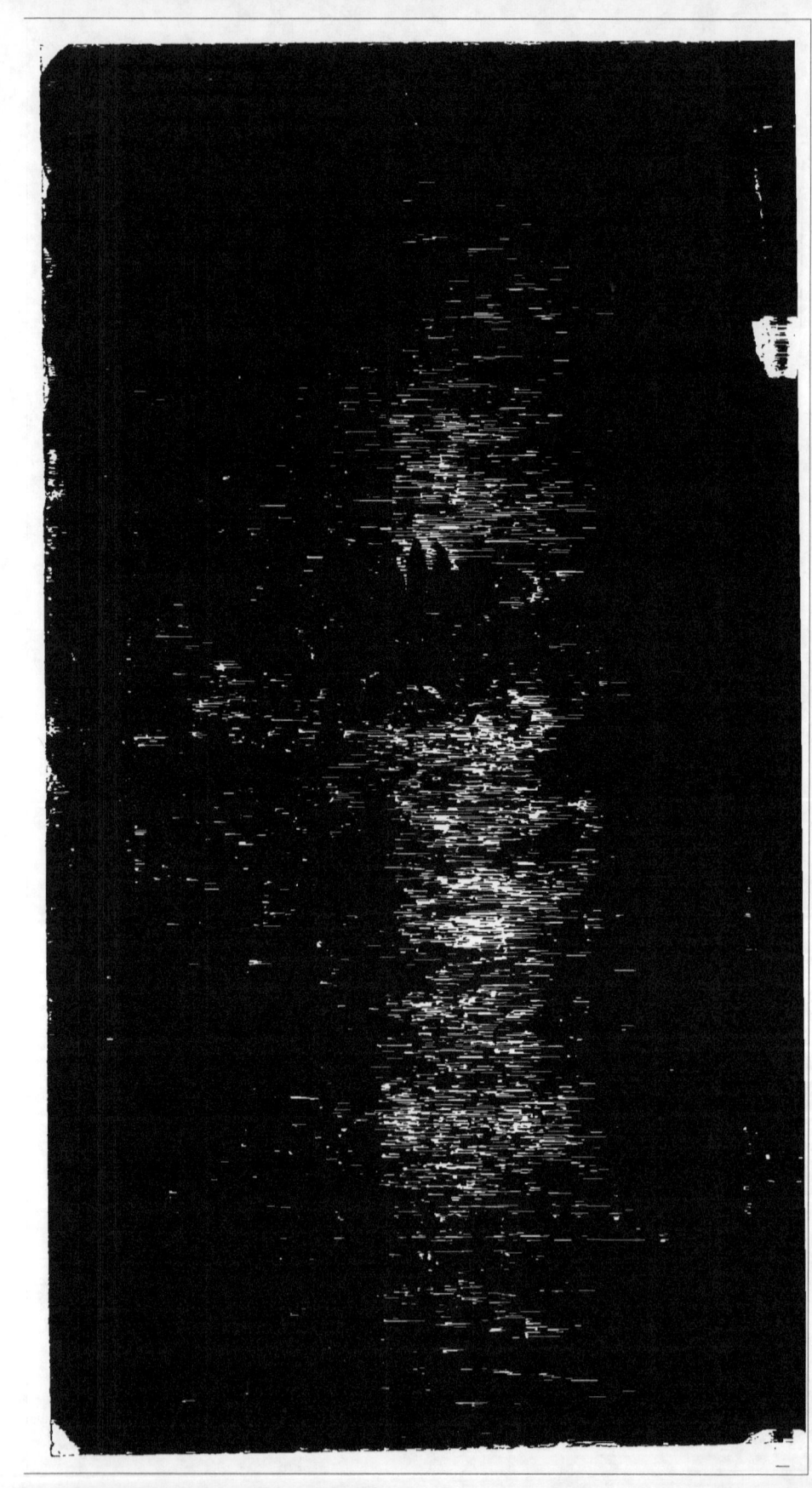

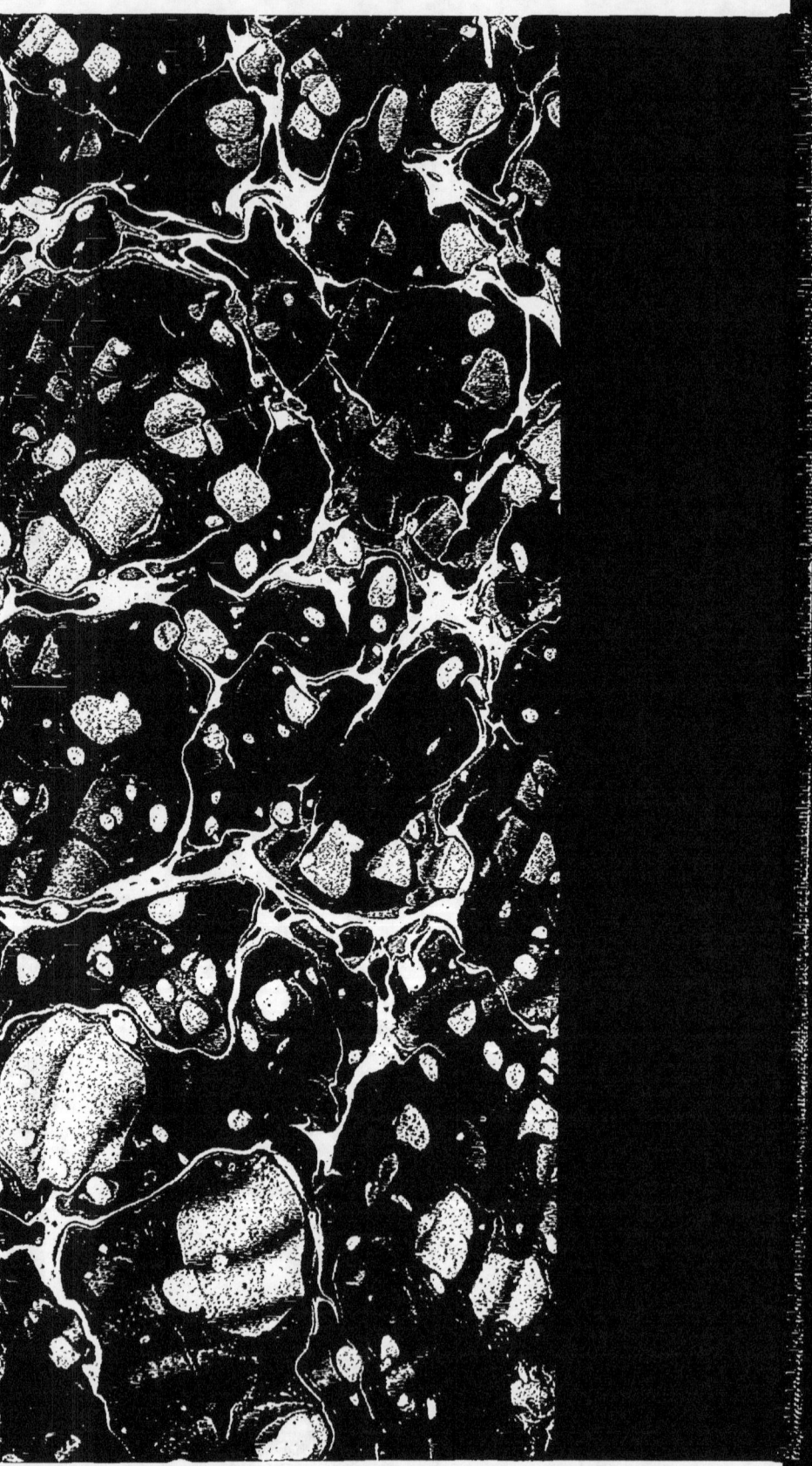

www.ingramcontent.com/pod-product-compliance
Lightning Source LLC
Chambersburg PA
CBHW071803020726
47502CB00004B/992